EU E VOCÊ, VOCÊ E EU

MARTHA MENDONÇA
& NELITO FERNANDES

EU E VOCÊ, VOCÊ E EU

EDITORA RECORD
RIO DE JANEIRO • SÃO PAULO
2009

CIP-Brasil. Catalogação-na-fonte
Sindicato Nacional dos Editores de Livros, RJ.

F398e
Fernandes, Nelito
  Eu e você, você e eu / Nelito Fernandes e Martha Mendonça. – Rio de Janeiro: Record, 2009.

  ISBN 978-85-01-08475-0

  1. Romance brasileiro. I. Mendonça, Martha. II. Título.

08-5395
CDD – 869.93
CDU – 821.134.3(81)-3

Copyright © Martha Mendonça e Nelito Fernandes, 2009

Capa: Marcelo Martinez/Laboratório Secreto

Direitos exclusivos desta edição reservados pela
EDITORA RECORD LTDA.
Rua Argentina 171 – Rio de Janeiro, RJ – 20921-380 – Tel.: 2585-2000

Impresso no Brasil

ISBN 978-85-01-08475-0

PEDIDOS PELO REEMBOLSO POSTAL
Caixa Postal 23.052
Rio de Janeiro, RJ – 20922-970

EDITORA AFILIADA

para nossos pais

para nossos filhos

"Marianne: Eu sei por que Katarina e Peter vivem num inferno.
Johan: Ah, sim?
Marianne: Eles não falam a mesma língua (...) Às vezes, é como se um homem e uma mulher falassem num interurbano por telefones defeituosos."

Cenas de um casamento, de Ingmar Bergman

"Deve haver uma palavra que uma vez dita muda o mundo. Parece que tem um rio no meio de nós dois."

Eu sei que vou te amar, de Arnaldo Jabor

1

Quer impressionar uma mulher? Chame-a pra ver você fazendo alguma coisa que você sabe fazer bem. Foi nisso que eu pensei quando chamei a Mariana pra ver a final do campeonato. Ela deve ter estranhado, mas estranharia ainda mais se eu a chamasse pra assistir a uma defesa de caso no tribunal. Que mulher resiste a um macho suado fazendo a rede adversária balançar? Não é por isso que a mulherada é chegada num jogador de futebol?

Mariana, Mariana... Fomos da mesma escola durante muito tempo e eu sempre quis dar uns amassos nela. Não chega a ser privilégio da moça — naquele tempo eu queria comer todas as garotas do colégio. Nem acreditei quando a vi na praia, dez anos depois, uns vinte centímetros a mais na bundinha, outros tantos nas peitocas, tudo no lugar. Só lamentei estar sem meu sungão, perdido em algum lugar na zona do meu armário. Acabei indo com uma sunga velha mesmo.

Agora ela está lá em cima, na arquibancada. Uma loucura com aquele decote, não consegui ver mais nada. Não sei se estava de saia, de calça ou se usava vestido. Só me lembro do decotão que me deixou louco, com vontade de meter. Um gol, claro. Para impressionar. Acho que ela me viu com o olhar fixado nos peitos, fiquei meio sem graça e dei um tchauzinho para disfarçar.

Quando o Marcelo me convidou pra assistir a um jogo de futebol, pensei que ele estava brincando. Mas era sério. Final do campeonato de futebol da Ordem dos Advogados do Brasil, meu time está dentro, explicou. Sábado, cinco da tarde. Convite bem estranho, a gente só tinha saído junto uma vez depois do reencontro na praia. Eu não lembrava direito dele, tinha muito tempo. Mas gostei do papo e ele não usava sungão, uma moda que eu detesto. Vinte e seis anos, já advogado de um escritório famoso. Perguntou se eu queria almoçar, topei, viramos muitas caipirinhas. Quando me deixou em casa, rolaram uns beijos. Só. Agora me chama para ver jogo de futebol! Então tá.

Antes de ir, mudei de roupa umas 15 vezes. Com que roupa se vai a um jogo de futebol sábado à tarde pra ver um quase-namorado, querendo estar bonita e sexy, mas sem que ninguém perceba isso? Calça jeans? Salto alto? Tênis e bermuda? Dá para ficar sexy de tênis e bermuda?

Acabei botando uma minissaia jeans, blusinha branca, tênis e rímel. Ele me disse pra ir direto pra arquibancada. Fui. O jogo atrasou, quase derreti de calor. Quando os times entraram, ele me procurou e deu um tchauzinho inocente.

Esse cara quer me namorar mesmo... Nem fomos pra cama e já me chama pra ver jogo de futebol...

Não sei muito bem o que ela esperava da partida, mas tomara que não tenha imaginado o glamour de um jogo de futebol de verdade. Aqui não tem entrada oficial em campo, hino, essas paradas. Neguinho vai entrando um a um, tem gente que entra descalço e calça a chuteira na hora, outros até jogam descalços. Quando uma mulher aceita ir ver seu jogo de futebol é porque quer dar, não tem outra. Da outra vez a gente ficou no papinho e na caipirinha, mas hoje você não me escapa, dona Mariana. Chamei o Adilson num canto e falei: me lança que eu tô com um mulherão ali querendo ver gol. Pois ela viu. Muitos gols. Do time adversário. Estávamos perdendo de 4 a 0 e eu não tinha coragem de olhar pra ela. Por mais que eu corresse, a bola não entrava. Para piorar, virei fominha. Queria de qualquer jeito marcar o meu e não passava a bola. Até que o Adilson entrou pela direita, com dois zagueiros atrás e, em vez de chutar, atrasou para mim. O goleiro e a zaga, que esperavam o chute do Adilson, ficaram batidos. O papai aqui deu uma porrada de bico bem ali embaixo da bola, que subiu e estufou a rede no ângulo. Bem, pra ser honesto não foi no ângulo, mas foi perto. Golaço! Ninguém no time comemorou, claro. Não tinha tempo mesmo pra virada e só ouvi uns xingamentos da galera: "Até que enfim, babaca, agora solta a porra da bola"; "Vai, ô fominha, come a merda da bola agora". Nem liguei. Lá em cima a Mariana gritava feito uma louca, comemorando meu gol de honra. Eu vou casar com essa mulher!

Eu detesto futebol desde criancinha. Trauma. Tudo que eu queria era ir ao cinema, ao parque, ao teatrinho, mas meu pai só queria saber de ver jogo na televisão. Minha mãe ficava louca. Ela não dirigia, só ele. Ela não tinha dinheiro, só ele. Ela dependia dele em tudo. Por isso é que a primeira coisa que fiz aos 18 anos foi auto-escola. Deus me livre passar a vida na sombra de marido. Primeiro terminar a faculdade, depois arrumar um bom emprego, ganhar o mercado... Só depois pensar nessas coisas de casamento, filhos. Para não depender do meu pai, mesmo antes de formada arrumei um emprego em loja e saí de casa, fui morar com duas amigas num cafofo em Copacabana. É verdade que tudo isso me deixou atrasada na faculdade... O curso de Psicologia que deveria levar quatro anos já está se desenrolando há seis... Mas eu gosto da minha vida assim, na liberdade.
Os apitos do juiz me deixavam ensurdecida, me lembravam o papai com a cerveja na mão, gritando, e a mamãe cheia de raiva. Alguma coisa estava acontecendo no jogo, mas eu não sabia bem o quê. Futebol, que chatice. Só perde pra boxe e Fórmula-1. Mas decidi prestar atenção no campo. Depois o Marcelo ia me perguntar sobre o jogo, eu não ia saber responder nada. Consegui acompanhar por uns dois minutos, mas o papo do pessoal de trás me chamou atenção. Um dos caras estava se separando, a ex-mulher não queria deixar ele

ver os filhos... Chamava ela de vaca, puta, diaba. O outro só dizia hã-hã, hã-hã, hã-hã. Se pudesse, o primeiro dizia, mandava ela pra vala. Pra vala, caramba! Será que ele tá falando sério?? O segundo finalmente falou alguma coisa: só se conhece de verdade uma mulher quando você se separa dela. No que o primeiro repetiu: pra vala, a vaca! No meio do discurso contra a ex-patroa, o quase-assassino acabou me dando um chute nas costas! Eu ia virar pra reclamar quando, de relance, vi o Marcelo chutando pro gol. Foi gol!! No susto me levantei e comecei a comemorar! Ninguém em volta levantou. E aquela era a torcida do time dele. Que gente estranha, fria. Será que eu gostava de futebol e não sabia?? Só depois entendi o vexame...

Casar? Que papo é esse, Marcelo? A mulher pula no seu gol e você já tá pensando em altar? Que babaquice é essa? Vinte e seis anos, por cima da carne-seca e já querendo me amarrar? Loucura. As coisas no trabalho estão bem, acho que em pouco tempo vou virar sócio da empresa. Há muitas portas — e pernas — se abrindo para mim. Casar, claro, é força de expressão. Mas a Mariana parece ser desse tipo de mulher pra casar, sabe? Se ela topa vir assistir ao meu jogo, claro que não vai se importar de passar um domingo vendo futebol comigo na TV, cervejinha na mão, sem encher o saco. Vai ver até se amarra em boxe, Fórmula-1, essas coisas. Quem não sonha com uma mulher assim?

Alguém da minha idade com a carreira a mil tem que ter aversão ao casamento. Um cara como eu, filho de pais separados depois de uma relação problemática, tem mais fobia ainda. É aquela história padrão: mãe que viveu para criar os filhos, pai que passava o dia fora de casa e nos fins de semana dormia até tarde, acordando só pra assistir aos seus programas de TV. Desde a adolescência eu pensei que não repetiria esse padrão. Mas todo homem gosta de ver a bola rolar no domingo, é uma necessidade fisiológica. E não é toda hora que aparece uma mulher assim, que vai assistir ao seu futebol e ainda por cima tem umas peitocas dessas.

O jogo acabou, Marcelo saiu cheiroso do banho e me chamou pra jantar. Preferi não comentar muito sobre o jogo, ele também não tocou no assunto, melhor assim. Enquanto procurava vaga perto do restaurante, ele me disse: Vamos pra outro lugar? Eu disse: Tudo bem. Agora fico imaginando se "outro lugar" é um restaurante diferente ou a senha pra motel...

Eu sugeri outro lugar porque o restaurante estava um pouco cheio, tinha fila na porta, e eu detesto esperar em pé pra comer, parece coisa de gado indo pro pasto. Mas ela aceitou assim de pronto, será que está pensando em motel? Sim, porque uma coisa é o sujeito perguntar "Vamos pra outro lugar?", a outra é dizer "Vamos a outro restaurante?". Se ela estiver realmente pensando que meu convite foi pra trepar, vai me achar um banana. Sinuca, Marcelo. Como saio dessa? Bom, deixá-la decidir é o melhor.

"Onde você quer ir?", perguntei. Pronto, a bola está com ela. Vamos ver se sai um gol dessa tabelinha.

Onde eu quero ir? Mas será que ele está perguntando em que restaurante eu quero ir, em que motel eu quero ir ou se quero ir ao restaurante ou ao motel? Ou será que ele quer mesmo é que eu decida o nosso destino? Esperto. Mas não vou devolver a bola, não. "Dizem que no Vip's a comida é boa e a vista é linda." Ele sorriu e pegou o retorno para a avenida Niemeyer.

Gostei da resposta direta da Mariana. Uma das coisas que eu mais odeio em mulher é essa história de fazer joguinhos. Quer dar, mas prefere ficar cheia de rodeios. Quer uma coisa, diz outra. A gente não tem como adivinhar tudo, pô.

Ai, será que fiz mal? Será que ele tá me achando uma vagabunda??

Ela demonstrou bom gosto também na escolha do local. A vista do motel, realmente, é maravilhosa. As suítes são temáticas. Eu acho bacana a suíte japonesa, que tem uma caminha de tatame convidativa. A decoração foge ao lugar-comum dos motéis, com aquelas estátuas bregas e quadros de mulheres nuas. Aliás, quem é o decorador dos motéis, hein?

Que quarto de motel estranho... Moderno, mas tem pouco espelho. Sem espelho não tem graça... É enorme, o triplo do meu cafofo...

Algumas suítes do Vip's são tão grandes que lembram até apartamentos. Já fizeram festas rave ali para mais de 100 pessoas. Resolvi pegar uma dessas para impressionar. Assim que entramos no quarto, eu disse que estava com fome. Mariana fez uma carinha de decepção, achando que eu estava falando de comida de verdade. Dei uma pegada forte no seu braço e puxei pra perto. Trepamos loucamente a noite inteira e de manhã, na hora de ir embora, lembrei que não tínhamos jantado. Aquela mulher era um banquete.

Acordei com o sol direto nos meus olhos. Pela fresta da cortina vi o céu azul, azul, e não resisti. Mesmo com sono levantei pra ver o mar. Foi um orgasmo visual. E por falar nisso, acho que bati meu recorde na noite passada. Noite passada é modo de dizer, porque quando a gente foi dormir já eram quase seis da manhã. Que horas são agora? Peguei o relógio do Marcelo. Ele ainda ressonava. Meio-dia e vinte. Meu estômago roncava. Liguei para a recepção e pedi um café-da-manhã reforçado. Enquanto esperava, fiquei lembrando da gente transando, o jeito dele querendo ser delicado, mas doido de tesão. Ainda bem que relaxou geral e não fez cerimônia. Se tem uma coisa que eu não gosto é de homem que só falta dizer por favor pra você abrir as pernas. O Marcelo tem pegada. E é resistente. Um Highlander... Eu sorria safadamente quando vi que o Marcelo me olhava. Então começou tudo de novo. Ai, ai, eu quero esse cara pra mim...

O repeteco da manhã foi ótimo, Mariana parecia gostar mesmo da coisa. Durante o café, relembramos casos da escola e eu menti dizendo que sempre fui doido pra sair com ela (o que não era exatamente mentira, mas também não era exatamente verdade, uma vez que eu estava aberto a todas).

Ele me contou que sempre quis sair comigo. Será coisa do destino? Qual será o signo dele? Espero que não seja Virgem nem Escorpião. Ele parece de Aquário ou talvez Libra... Tá na hora de ir embora, será que ele vai querer rachar a conta?? Ofereço ou não ofereço? Melhor, não, tô dura.

A noite tinha sido ótima, a manhã também, mas minha estratégia era sair com a Mariana de vez em quando, sem deixar a coisa virar namoro. Para isso era necessário mostrar bastante interesse, mas não o suficiente pra configurar um futuro compromisso. Um meio-termo difícil de conseguir, mas resolvi tentar. Mulher nessa idade já começa a caçar marido. Era hora da recuada estratégica. Nada como esvaziar o saco pra raciocinar melhor...

Para tudo que haviam sido as últimas vinte e quatro horas, achei nossa despedida um pouco fria. Talvez impressão. Teve beijão, teve a saideira de sarro... Mas quando eu final-

mente disse tchau, já do lado de fora do carro, em frente ao meu prédio, oito da noite de domingo, não senti muita conclusão no que ele me disse. "A gente se vê, Mari." A gente se vê? O que isso quer dizer exatamente? Poderia ter dito que semana que vem a gente saía de novo. Ou que ia ligar daqui a uns dias. Ou ao menos ter perguntado o meu e-mail. Bom, ele me disse que é geminiano. Instável...[1]

Subi e fiquei pensando: por que, afinal, o desfecho é um privilégio masculino? EU poderia ter dito "Vamos sair sábado de novo?" ou "Meu e-mail é tal, me escreve amanhã". Mas não. Em pleno século XXI, a gente ainda fica preocupada com o que eles vão pensar. Se bem que depois de eu ter dito, na lata, que queria ir pro motel...

Em casa, Simone e Rebeca queriam saber de tudo sobre o meu "sumiço". Enquanto eu tomava um banho, contei sobre a noite e o dia, revelei alguns detalhes, falei do carrão importado do Marcelo e exagerei no tamanho do equipamento do cara. Elas ficaram babando de inveja. Eu ria sozinha, dentro do boxe. Só caí do pedestal quando elas me perguntaram: E ele ficou de te ligar?

Mesmo com a tática de manter uma distância segura eu achei estranha aquela despedida. Mariana desceu do carro, se despediu e mais nada. Ficou aquele silêncio. Então, já meio com o pé atrás, eu disse: A gente se vê. Achei que ela pediria meu e-mail, coisa assim. A gente sempre espera que a mulher deixe a porta aberta pra um segundo encontro. Ela tinha tomado iniciativas e topado todas, então achei aquela despedida bem fria. Será que eu não agradei tanto quanto imaginava? Porra, não é possível. A mulher gozou feito louca, deve ter batido o recorde. Ou será que o recorde é maior do que eu penso? Teria fingido aquilo tudo? Sim, ao contrário do que a mulherada imagina, é muito importante para nós saber se a parceira gozou. Cheguei em casa cheio de dúvidas e estranhando o fato de estar pensando tanto em alguém que deveria ser apenas uma trepada.

Mesmo tarde, fui tomar um chope no Bracarense. Eu sabia que lá, como todo domingo, encontraria o pessoal da praia — alguns ainda de sunga. Estranhamente, não falei sobre a trepada com a Mariana, como era hábito entre nós. Achei falta de respeito com ela, sei lá, vai que eles me vêem com ela depois e ficam olhando pra ela, imaginando ela assim ou assado...Voltando pra casa, me peguei olhando a secretária eletrônica, achando que de repente ela podia ter ligado. Não ligou. Era estranho, mas dessa vez quem estava esperando o telefonema era eu — e no mesmo dia! Bem, depois daquela despedida fria e da falta de contato, a mensagem estava clara. Talvez Mariana não tivesse gostado tanto assim e eu é que não ia bancar o babaca de ligar no dia seguinte ou chamar para um novo programa. Além disso, amanhã a estagiária gostosa vai estar lá no escritório, prontinha para o almoço.

* * *

Já era a décima mulher que entrava na loja, olhava tudo e saía sem comprar nada. A última ainda me olhou dos pés à cabeça quando entrou, uma atitude das mulheres, em geral, que me irrita profundamente. O banco me telefonou dizendo que eu estourei o cheque especial e a última coisa que eu quero é pedir dinheiro ao meu pai. Além disso, estou na TPM. E o Marcelo não ligou. Hoje já é quinta-feira. Por que é que ele não ligou? Como é que um cara chama uma mulher pra ver um jogo de futebol, ela faz um sacrifício e vai, e depois ele não liga mais? Eu devia é ter ignorado o papo dele na praia, como eu faço com a maioria dos babacas por aí. O problema é que ele não parecia um babaca! Parecia ser um cara inteligente, bacana, sensível, interessado. E depois eu vi que ele era gostoso, carinhoso, engraçado... Um babaca, como todos os outros! Culpa minha. Facilitei, disse logo que queria ir pro motel... Minha mãe sempre dizia que homem não gosta de mulher fácil. Sempre me pareceu uma bobeira enorme, mas, sei lá, vai ver mãe tem mesmo razão em tudo. Taí, o Marcelo sumiu.

Pedi à gerente para ir almoçar mais cedo e comprei uma caixa de chocolates. Devorei quase tudo em dez minutos, xingando todas as gerações de homens que já tinham passado pela minha vida. A começar pelo meu pai, pra quem eu estava prestes a ligar e pedir empréstimo. Mais uma vez ele vai perguntar por que eu não volto pra casa. Droga! Depois o Caio, meu primeiro namorado, que foi morar em Brasília quando eu estava apaixonada por ele. O pai dele era militar, foi transferido. Mas ele não poderia ter ficado morando com uma tia aqui no Rio? Rogério, o primeiro cara pra quem eu dei, contou *tudo aos amigos no dia seguinte, que contaram pra outros amigos que contaram pro meu primo Sérgio, que contou pro meu pai. Por fim, Vinicius, meu último namorado firme, que era tão ciumento que fiquei sem usar minissaia por mais de um ano. Raça infeliz! Morte a todos!! E ao Marcelo, a mais dolorosa de todas!!*

Terminei os chocolates e fui ao banheiro. Tinha ficado menstruada. Chorei uns cinco minutos sentada na privada e depois voltei à loja.

Como eu previ, Mariana não ligou. As mulheres sempre reclamam que o homem não liga no dia seguinte. Mas quem disse que a obrigação de ligar é do homem? Essa é mais uma daquelas coisas que não mudam nunca, décadas após a revolução feminista. As mulheres querem igualdade, mas adoram que o homem pague a conta. Quando o bicho pega no trabalho tem sempre aquela que lembra que é mulher, tem filho, e por isso precisa ir embora mais cedo. Quem não concorda é grosseiro. Quem não liga no dia seguinte é babaca. A questão é: se elas querem, por que não ligam?

Eu tenho passado boa parte do tempo tentando me convencer de que não estou dando a mínima pra Mariana. Mas repetir isso o tempo todo não mostra o contrário? No fundo, no fundo, ou melhor, no rasinho, no rasinho, eu estava mesmo um pouco inseguro com a minha performance. Por mais clichê e ridícula que seja, a pergunta "foi bom pra você" ajuda a resolver um bando de coisas na nossa cabeça. Em todo motel deveria ser entregue às mulheres um papelzinho pra ser preenchido, como aquelas pesquisas de satisfação do cliente: você gostou da trepada? Marque com um x nas opções abaixo:

a) *Satisfeita*
b) *Insatisfeita*
c) *Muito satisfeita*
d) *Muito insatisfeita*

Isso ajudaria muito. Bom, o jeito é ligar. Hoje é quinta, amanhã é sexta. Se eu não for rápido, alguém liga antes pra ela e lá se foi o fim de semana. Liguei. O telefone chamou, ninguém atendeu. Não deixei recado, mas minha ligação ficou registrada no celular. Se ela quiser alguma coisa, vai retornar. Vamos ver.

A loja já estava quase fechando quando Deus entrou. Moreno, alto, olhos verdes, paletó bem cortado, sorriso perfeito. "Você pode me dar uma ajuda?" Claro. Estava procurando um presente. "É pra sua mulher?" Não era. "Digamos que seja alguém importante", explicou. Uma amante, grande mistério. Perguntei se procurava alguma coisa específica. A resposta foi ótima. "Um presente caro." Opa! É hora da virada! Mostrei um vestido de seda pura de preço irreal e bolsas e sapatos que me levariam à falência instantânea e vitalícia. Ele gostou do vestido. "Ótimo! Você é ótima! Obrigado... como é mesmo o seu nome?" O cara era profissional. Devia ter mulher, amante, até mais de uma. Mas era pouco pra ele, por isso tentava fazer gracinhas com a vendedora. Tudo bem, não dava pra reclamar, afinal, ele começava a pensar se deveria levar os sapatos também. "Esses pra minha mulher", especificou. Ah. Generoso. Aquela comissão iria salvar minhas finanças!

Parecia que eu ouvia os sinos da salvação. Mas era meu celular, gritando. Nem pensar em abandonar Don Juan sozinho na loja. Ignorei. Provavelmente era a Simone pedindo que eu levasse alguma comida congelada pra casa, como sempre. Deus levou o vestido da amante, dois pares de sapatos para a mulher e uma bolsa. "Essa é pra uma amiga." Maravilha. Provavelmente as peças mais caras da loja inteira! Ganhei, em minutos, o que não costumava ganhar em um mês! E o melhor: a ligação era do Marcelo! Esperei a loja fechar e liguei.

Eu já estava quase entrando no banho quando Mariana retornou a ligação. Deixei tocar um pouco e atendi. Pelo tom de voz, parecia animada, apesar de já estar no fim do expediente. Perguntei como ela estava. Ótima, respondeu. Tinha feito uma venda excelente, as finanças estavam salvas. Então o motivo da alegria não era eu. Apesar de ela ter retornado, ficou claro que aquele jeitinho animado tinha mais relação com a comissão do que com o meu telefonema. Mesmo assim segui em frente.

— E aí, o que vai fazer amanhã?

— Amanhã, amanhã... — ela repetiu, consultando a agenda mental.

E aí? Respondo logo ou faço doce? Já fui tão "fácil" na primeira saída, será que não é melhor agora ensebar?

Não dei muito tempo pra resposta:
— Pensei em voltarmos ao nosso restaurante.
— Ué, nós temos um restaurante?
— Não lembra? Lá tem uma vista maravilhosa e come-se muito bem...
Ela riu com o duplo sentido da conversa. Eu estava agradando.

Será que a loja de lingerie ainda está aberta? Queria comprar alguma coisa nova...
— Então tá, Marcelo, me liga amanhã quando estiver chegando que eu desço...

* * *

Busquei Mariana às dez e pouco, logo depois que saiu da loja. A combinação era tomarmos um chope antes. Mas assim que ela entrou no carro, começamos a nos pegar. Por pouco não trepamos ali mesmo no meio da rua. Mariana decididamente tinha gostado, mas agido como a massa das mulheres, escondendo o jogo. Um ponto positivo e um negativo no mesmo dia. Jogo empatado. Repetimos a suíte, repetimos a trepada fenomenal, repetimos a fodinha matinal, mas na saída desta vez foi diferente. Ela perguntou quando iríamos nos ver de novo.

Marcelo não ligou a mínima pro fato de eu estar menstruada. Foi ainda melhor do que na primeira vez, a gente tinha o encaixe perfeito, os movimentos pareciam coreografados. Tudo maravilhoso. Na hora de ir embora, não tive dúvida, perguntei quando seria a próxima vez. Ele respondeu: "Hoje?" Achei que era brincadeira. Não era.

Mariana desempatou o jogo a seu favor. Eu, que decidira desde o início manter uma distância segura, comecei a soltar o freio e me aproximar. Enquanto a via entrando no prédio, mandei um torpedo. "Cineminha hoje ou você só gosta de motel?"

Eu estou apaixonada pelo Marcelo. De quatro pelo cara, tanto no sentido figurado quando no literal. Desde o minuto que vi a ligação dele no celular até agora, que ele me deixou de volta em casa — e já mandou um torpedinho!! —, só penso nele, só quero ele, só respiro ele, só visto ele, só como e bebo Marcelo. E eu acho que ele também está gostando de estar comigo. Já trepamos duas vezes e está chamando pra ir ao cinema à noite. Não parece estratégia pra comer de novo. E se for, dane-se. Quero mais é repetir o motel de novo quantas vezes ele quiser!

Acordei às cinco da tarde, juro que com o gosto do beijo do Marcelo na boca. Mas estava bom demais pra ser verdade. Perto das seis, papai ligou, pedindo que eu fosse ao aniversário do meu tio. Pai, eu tenho um compromisso... Ele não perdoou: seu tio está doente, pode não haver outros aniversários. Eu sempre adorei meu tio, estava com pena de ele estar tão mal. Mas e o cinema? O prazer, a culpa, minha independência... tudo martelando na minha cabeça. O que dizer ao Marcelo? E se eu pedisse pra ele ir comigo ao aniversário? A idéia da minha avó fazendo um interrogatório sobre a vida dele me fez desistir. Melhor dizer que poderíamos ir ao cinema outro dia.

Acho que ela está fazendo algum tipo de jogo de esconder comigo. Doce agora, Mariana? Ou será que tem outro na parada? Aniversário de tio é desculpa que se dê? Tudo bem, eu entendo, depois a gente se fala então, e desliguei. Mas em seguida me bateu uma coisa: dona Mariana, por essa você não espera, vou acabar com essa mentira já! Liguei de volta e disse: Bom, será que o seu tio se importaria de eu ir ao aniversário dele? Claro que ela iria desconversar, inventar uma história, dizer que a família era chata, que isso, que aquilo. E claro que iria ficar sem graça, porque na verdade não tinha tio nenhum, aquilo era só uma desculpa pra me jogar pra escanteio no sábado. E então ela respondeu: Tudo bem, a que horas você passa aqui?

Legal. Agora eu estava indo pra festa do tio. Das noites de sexo selvagem no Vip's ao bolo do tio em menos de 24 horas. Parabéns pra você, Marcelo. O sábado promete.

Estou até com medo de contar essa pras meninas. Pra não causar inveja, olho grande. É muita sorte a minha. Marcelo, além de bacana, inteligente, bem-sucedido, engraçado e gostoso ainda pede pra me acompanhar em festa de família? Já me belisquei mil vezes. Ele só pode estar apaixonado por mim também!

Até que não foi mal na casa do titio. Liguei antes para os meus pais, avisando que ia levar alguém. "É seu namorado, filha?" Expliquei pra mamãe que, de certa forma, sim, mas a gente não estava usando esse nome ainda. "E estão usando que nome?", ela quis saber. Mães e a mania dos detalhes. Mas ela e o Marcelo se deram muito bem. O cara é gentil, sorriso de bom moço, genro dos sonhos. Isso porque ela não nos viu no Vip's...

Papai também gostou dele. Os dois ficaram conversando um bom tempo no sofá. Futebol, provavelmente. Minha avó perguntou o que ele fazia. Quando ele disse que era advogado de família, ela sorriu, me olhou e fez aquele beiço de quem diz: "Que beleza!" Por volta da meia-noite fomos embora. Paramos o elevador entre o terceiro e o quarto e trepamos ali mesmo. Sorte que prédio antigo não tem câmera.

A festa foi... como eu posso dizer de uma forma gentil... uma merda! A gente tem que dar um desconto para os pais, porque eles sempre tentam se meter demais, mas acho que quando um cara aceita ir a uma festa de família já está sinalizando para a comunidade que o casamento está próximo. E foi nisso que o pai da Mariana passou o tempo todo falando. Sabe essas pessoas que te interrompem no meio de uma frase e seguem falando como se você não existisse? Ele era assim. O cara passou a noite tentando me ensinar a ter um casamento perfeito, disse que ele e a mulher se davam muito bem, que ela não implicava com as coisas dele, que ele tinha liberdade, que isso era muito bom pro casal. Depois começou a falar da Mariana, que ela não tinha juízo, que esse negócio de loja não dava futuro. O cara era um misto de consultor de carreiras e conselheiro de família.

Aposto que o papai exagerou minhas qualidades, disse que eu sou inteligente, lutadora, que tenho um futuro brilhante. Quer vender o peixe da filha de qualquer jeito...

Pelo menos eu descobri uma coisa legal: Mariana não gosta de futebol. Não é que ela não goste. Ela odeia. Deduzi que só foi àquele jogo por minha causa. O pai disse que ela simplesmente não consegue assistir a mais de 10 minutos de jogo e que sempre que pode fala mal do esporte. Da mãe eu gostei. Eu tenho uma teoria de que o corpo da mãe é uma espécie de previsão viva de como a filha vai ficar. E Mariana iria ficar uma coroa gostosa. Aí me toquei que já estava pensando na Mariana coroa e percebi que estava ficando caidinho por aquela mulher. Ali, enquanto conversava com o pai dela, eu a imaginava dando sorrisos largos, sempre olhando para mim, pronta para me tirar de qualquer enrascada com os pais.

Engraçado, impressão minha ou o Marcelo ficou olhando pra bunda da minha mãe? Ah, não, deve ser aquele olhar perdido, sem foco... Ainda mais do lado do meu pai...

Eu ri também, de longe, para dar a entender que estava tudo bem, enquanto o pai dela não parava de falar. Na volta, fui recompensado com uma inesquecível trepada. Eu acho que ela percebeu que a festa não foi tão boa pra mim mas me deu aquele presentinho no final, pelo esforço, sabe?

2

Um ano, três meses e vinte e um dias. Esse é o tempo que eu e o Marcelo estamos juntos. Claro que eu não conto dia por dia. Mas ontem ele me perguntou: "Mari, há quanto tempo a gente namora?" Eu sabia o um ano e três meses. Os vinte e um dias eu calculei na hora. Por que ele queria saber? "Curiosidade."

Marcelo anda um pouco estranho. Outro dia veio com essa: "Você prefere Leblon ou Ipanema?" Brinquei que preferia a Tijuca, onde passei a infância. Se a vida tivesse uma lógica simples, eu diria que ele está pensando em me pedir em casamento. Mas claro que não é isso. E, na verdade, eu nem sei se queria. Eu amo o Marcelo. Adoro esse cara. Mas é bem gostoso passar os fins de semana na casa dele, ter aquela saudade no meio da semana, de vez em quando viajar. Ano passado ele tirou uns dias e fomos pra Buenos Aires. Eu adorei, comemos bem, dançamos tango, trepamos até cansar. O tesão parece que não acaba nunca.

Nos últimos meses não deu pra viajar pra lugar nenhum. Mal tivemos fim de semana. O Marcelo está trabalhando que nem um louco num caso de gente importante. Separação mi-

lionária. Ele defende a mulher. A "víbora", como ele chama a cliente. Disse que se ganhar essa acumula pontos pra ficar sócio do escritório. Tomara, ele é muito bom. Merece.

 Casar agora também não seria legal pra mim porque antes eu quero arrumar a minha vida. Eu sempre disse que faria isso antes de partir pra uma vida a dois. Ficar que nem a minha mãe, Deus me livre. Me formei — finalmente — e larguei a loja pra fazer um estágio numa escola. Fiquei dura por seis meses, mas as meninas seguraram o aluguel sozinhas pra eu poder continuar. Maior prova de amizade delas. Nunca pensei que gostassem tanto de mim. Só que o estágio acabou e não houve contratação. Depois substituí uma amiga da minha mãe numa empresa. Foi muito legal, havia um pequeno consultório, e os funcionários com problemas marcavam sessões comigo. Adorei, acho que ajudei muita gente. É isso que eu quero, ter um consultório, pacientes, ouvir as histórias, usar o que aprendi pra mudar a vida das pessoas. Só que haja grana pra bancar um lugar até ter uma clientela. Conclusão: voltei pra loja. Não dá pra viver de brisa.

 Um ano, três meses e vinte e um dias. Quanto tempo é necessário pra realmente conhecer uma pessoa? Quer dizer, até você *achar* que conhece uma pessoa. Porque as pessoas mudam, aquela que você acha que conhece hoje pode não existir mais amanhã. Depois desse tempo eu posso dizer que conheço a Mariana. Sei que ela gosta de coisas simples como uma caminhada num dia de sol na Lagoa, e fica feliz de a gente passar um dia em casa, sem fazer nada, só vendo

DVDs e trepando nos intervalos — ou no meio — dos filmes. Mas também fica bem à vontade em ambientes mais requintados. Nas festas do pessoal do escritório, não perde um assunto, não disfarça, não sai pela tangente. Como diz um amigo meu, a Mari é total flex. O que vier ela topa.

Minha vida está numa fase tão boa que chega a dar medo de alguma coisa errada acontecer. Aparentemente eu encontrei a mulher certa, tenho o emprego certo e tudo vai bem. Ganhei a confiança dos sócios, um deles está pra se aposentar e tenho grandes chances de assumir o lugar. Passei a supervisionar os casos menores e só entro em campo quando aparece alguma grande fortuna, alguma mulher querendo tirar tudo do cara ou vice-versa. Só tá pegando a idade. Há quem ache que competência se enxerga na carteira de identidade.

O escritório funciona por um sistema de cotas de sociedade. Quem sai é substituído por outro, que herda parte das cotas e ajuda na remuneração do aposentado. O sucessor é indicado pelo que sai e aprovado ou não pelos que vão ficar. O Félix, que estava saindo, já vinha me sondando há algum tempo, dando indiretas, perguntando quando é que eu ia me casar, dizendo que não dava para um cara como eu passar noitadas por aí, perguntava se eu tinha namorada, essas coisas. Sondagens, sondagens. Mari não sabia, mas também estava sendo sondada por mim. Uma perguntinha inocente aqui, como o bairro que ela prefere, outra ali, e assim eu ia percebendo a sua disposição pra dar o próximo passo. Eu não tinha sido claro até então porque tinha minhas dúvidas. Eu estava preparado pra assumir a sociedade, mas talvez fosse novo demais pra casar. A Mari tinha os problemas profissionais dela, estava com dificuldades pra se firmar no mercado. Isso não seria problema porque eu ganhava o suficiente pra nós dois. Mas é claro que ela queria sua realização profissional. Uma vez ela me disse que só pensava em casar quando estivesse com a vida arrumada. Acontece que tem gente que morre sem ter a vida profissional arrumada. E aí faz o quê?

A idéia do casamento ia ganhando força em mim. Sob todos os aspectos, seria ótimo. Eu amo a Mari, sou louco por ela, mas a minha vida anda tão corrida que a gente tem ficado junto cada vez menos. Se morássemos na mesma casa seria mais fácil — ela já estaria lá quando eu chegasse. Além disso, as duas figuras que dividem o apartamento com ela se metem demais em tudo, acho que elas querem o controle da Mari. Quando ela começou o estágio eu me ofereci pra pagar a parte dela no aluguel, mas as outras não deixaram. Querem uma dívida de gratidão, claro.

Eu já cheguei a ensaiar a proposta de morarmos juntos. Armei até uma viagem a Buenos Aires pra fazer isso. Queria que fosse tudo romântico. Fiz até uma aulinha de tango em segredo pra impressionar — isso me fez chegar um pouco mais tarde do que o horário normal, mas eu tinha a desculpa do trabalho. Um passo pra frente, dois pro lado, dois pra trás, dizia o professor que jurava que era argentino, mas tinha cabeça chata. A viagem foi sensacional. Comemos muito bem, ficamos em um excelente hotel, trepamos muito.

Claro, teve o tango. Casa escolhida, Tango Mio. Foi ali que a Madonna gravou. Não é o tango pra turistas. Está mais pra quadra da Mangueira do que pra Scala. Na quadra do baile, casais de velhinhos impecavelmente arrumados dançavam em sintonia, entregues. Há uma certa melancolia no tango, mas ao mesmo tempo uma virilidade. Mari olhava pra tudo maravilhada, apaixonada. O circo estava todo armado. Mas no final desisti. Ainda não me sentia preparado. É como o tango: um passo pra frente, dois pro lado, dois pra trás.

Eu realmente não sei como o Marcelo agüenta o pessoal do escritório. De vez em quando vou com ele a algum evento, um aniversário, um churrasco. Trato todo mundo com simpatia, adoro conversar. Mas me sinto o tempo todo fazendo algum tipo de pesquisa de campo, analisando a espécie humana em seu estado mais idiota e irracional. Idiota por parte da maioria dos sócios dele, homens que adoram cuspir seus feitos — e seus ganhos, claro. Irracional por causa de suas esposas embonecadas, com suas enormes unhas marrons, quilos de pulseiras de ouro, bolsas de grife e conversas incompreensíveis. Mas eu vou, nunca reclamo. Pelo Marcelo eu faço tudo. Até gosto de ficar olhando meu namorado no meio daqueles caras. Como ele é superior, genuinamente inteligente, genial em sua simplicidade, suas tiradas rápidas, observações sutis que só eu percebia. Marcelo me deixa embasbacada. Ele vai chegar lá, vai chegar onde quiser. Foi essa frase, aliás, que o pai dele me disse semana passada, quando nos conhecemos. Pois é, depois desse tempo todo, ele finalmente me levou pra conhecer o pai.

Depois que seu Miguel ficou viúvo foi morar com um irmão em Belo Horizonte. Os dois abriram uma franquia de pão de queijo por lá. Veio ao Rio para uma reunião da marca e acabamos nos conhecendo.

Marcelo marcou um almoço na Colombo, perto do trabalho. Quando eu estava quase chegando, ligou dizendo que estava atrasado, com um cliente. Entrei na confeitaria, pedi uma mesa, sentei. Em cinco minutos, um senhor apareceu na porta, me olhou e veio sorrindo. "Como me reconheceu?", perguntei. "Meu filho disse que você era a mulher mais linda do mundo. Foi fácil."

Conversamos um pouco, sobre o Marcelo, nosso único ponto comum — foi aí que ele me disse o quanto apostava no filho —, até que o dito cujo apareceu, meia hora depois. O almoço foi delicioso, era do pai que meu namorado tinha herdado a inteligência, a gentileza, o bom humor. Marcelo sempre me contava que os pais brigavam feito loucos, separaram, voltaram, separaram, voltaram de novo até que a mãe dele morreu. Incrível pensar que aquele homem não sabia fazer uma mulher feliz. Mas acho que é assim mesmo, algumas pessoas têm uma atitude pra uso externo, outras pra dentro de casa.

No fim, nos despedimos e Marcelo foi levar o pai no aeroporto. Queria ser uma mosquinha pra saber o que falaram!

Meu pai ficou muito bem impressionado com a Mari. No caminho até o aeroporto só falava nela. Disse que ela parecia moça de família, mulher pra casar. Começou a me dar instruções que deviam ser muito importantes para ele:

existe mulher pra casar e mulher pra trepar, e nenhum homem deve exigir muito da esposa. "Não adianta, meu filho, elas não gostam muito de sexo mesmo, então não se desgaste, não perca tempo com bobagens, o que mais tem é vagabunda por aí." Disse também que eu nunca colocasse meu casamento em risco por "aventuras fora de casa das quais se enjoa em três meses".

Senti-me seguro pra dizer a ele que estava pensando em me casar. É incrível como mesmo depois de adultos e bem-sucedidos ainda dependemos da aprovação dos pais para certas coisas. Ele ficou muito feliz e perguntou o que estava faltando. Expliquei sobre as dificuldades profissionais da Mari e disse que não tinha sequer certeza de que ela queria ou não, pelo simples fato de jamais ter perguntado. "Meu filho, por que você não abre um consultório pra ela?" Por que eu nunca tinha pensado nisso antes? Tão simples. Bateu também, naquele momento, um sentimento estranho: eu deveria empatar aquele capital todo numa empreitada com grandes chances de dar errado? Sim, porque montar um consultório não é tão difícil, mas manter o aluguel, pagar funcionários, e conseguir uma clientela é diferente. O custeio poderia ser proibitivo. Mariana não era rica, estava longe disso, e não tinha um nome conhecido, uma lista de pacientes a herdar do pai. Embora eu não duvidasse de sua capacidade profissional, o consultório poderia falir rapidamente. Optei por uma solução intermediária: comprei a sala, mas a deixei em meu nome. Assim ela não precisaria pagar aluguel e, em caso de separação, eu ficaria com o imóvel.

Assustou-me também o fato de eu estar sendo frio, fazendo contas, pensando em separação quando nem tínhamos casado ainda. Fiz minha defesa pensando que não é bom mesmo misturar negócios com casamento. Aquilo era um investimento como outro qualquer: deu errado, vende a sala. O que eu jamais imaginei é que minhas intenções seriam mal interpretadas. E eu estava me saindo um péssimo auto-advogado de defesa. Por que Mariana não aceitava o princípio básico do *in dubio pro reo*?

Quando entrei no apartamento de Copa chorando, a Simone veio atrás de mim. Eu disse que não estava legal, contaria tudo mais tarde. Rebeca chegou logo depois e também ficou atrás de mim. "Brigou com o Marcelo?" As duas eram minhas amigas, mas eu sentia um cheiro de fofoca no ar. Eu sabia que, no fim, uma delas diria que homem era tudo igual e mais aqueles clichês de gênero. Mas ia ser bom desabafar. "É que o Marcelo disse que quer casar comigo..." Elas começaram a gritar, eufóricas. Pedi pra elas se acalmarem e contei tudo. Da ofensa de me fazer o pedido e logo depois oferecer um consultório, que ficaria no nome dele, porque, se a gente separasse, não haveria problema.

Eu ainda estava tonta com tudo aquilo. Rebeca argumentou que ele estava "com a melhor das intenções". Simone disse que eu tinha tirado a sorte grande. "Poderia ser melhor se o imóvel ficasse no seu nome, mas ainda assim é muito bom", declarou. Loucas.

Saí da casa do Marcelo batendo a porta. Agora, sozinha aqui no quarto, celular desligado pra não ter que falar com ele, eu pensava se aquilo tudo era uma frescura. Mas como é que eu poderia começar a minha vida com alguém capaz de um arranjo desses? Um cara que só faz subir na vida, vitorioso, que, ainda por cima, queria me bancar? Mas uma ajuda que, ainda por cima, era mesquinha, só servia enquanto eu fosse mulher dele, estivesse na sombra dele! Quem é que já pensa em separação quando nem se casou ainda? É esse o cara que eu quero pra minha vida?

Pior é que era. Só de pensar em terminar tudo com o Marcelo, eu pensava em morrer. Casando ou não casando, eu queria poder dormir com ele, trepar com ele, conversar com ele, rir com ele. Queria isso todo dia. De repente comecei a me lembrar da nossa história toda, do jogo de futebol, da festa de aniversário do meu tio, das viagens, das surpresas que ele adora me fazer. Eu gostava de ver o Marcelo em ação. Quando ele chegava nos lugares, parecia que um clarão se abria. A voz dele enchia o ambiente, magnetizava as pessoas, ele virava o centro das atenções. Lembrei do jogo do Fluminense no Maracanã. Ele insistiu, fui. Naquele dia eu confessei que odiava futebol e contei do trauma de infância. Pra minha surpresa, ele disse que já sabia. E prometeu que com a gente ia ser tudo diferente. De repente eu comecei até a achar que minha mãe poderia ter sido mais paciente. Será que ela não achava a coisa mais maravilhosa do mundo ver o homem que a gente ama feliz?

Liguei o celular. Oito ligações não atendidas. Todas dele. Antes que eu desligasse de novo tocou mais uma vez. Atendi. "O que é agora?"

Terminamos a noite juntos, numa trepada inesquecível. Mais uma. E a promessa de deixar aquela história de consultório de lado. Se ele queria casar comigo, que esperasse eu acertar minha vida. Ele tinha 27 anos. Eu, 24. Hoje em dia ninguém se casa antes dos 30. Pra que a pressa?

Até agora ainda não entendi muito bem a reação da Mari. Meu intuito era só viabilizar uma coisa que eu queria. E que ela também queria! Talvez o meu problema seja esse: como as coisas que eu quero acabam acontecendo, eu rompo alguns limites quando encontro dificuldade. A oferta da sala não tinha mistério: eu investiria num imóvel, ela teria o lugar pra trabalhar. Muito melhor do que eu alugar uma sala e perder dinheiro com reformas, problemas com inquilinos, etc., etc. Mas a Mari não entendeu assim, achou que eu estava querendo "comprá-la". Quando eu expliquei que tudo ficaria em meu nome foi justamente pra ela não pensar que aquilo era um presente. Talvez tenha sido melhor mesmo. Se eu tive tanta dúvida e insegurança é porque eu não estava tão certo do que queria.

Os dias têm sido um pouco estranhos. Com aquela conversa toda de casamento, é como se tivéssemos entrado num estágio e depois recuado. E agora aquela porta semi-aberta fica nos assombrando. É como se não estivéssemos no lugar certo, natural, mas num estágio artificial do nosso relacionamento. Outro dia minha avó me perguntou o que estávamos "esperando"? Afinal, ela argumentou, as pessoas namoram para quê? Não é pra casar? Essa pressão está me deixando doida. E emprego que é bom, nada.

A pressão no trabalho está aumentando. O Félix me chamou pra conversar e me disse claramente que estava pensando em me indicar na sucessão, mas enfrentava o receio dos outros. O Arruda vinha dizendo que eu não tinha vivência suficiente, que eu era um playboy! No fim de semana, ele convidou a todos pra sua casa em Angra — menos eu. Interpretei como um veto ao meu nome como sócio, mas o Félix veio me tranqüilizar. Só tinham sido convidados os casados, que levaram crianças e mulheres. "Isso não é programa pra solteiro, o que ele vai fazer à noite?", foi a resposta do Arruda quando o Félix perguntou por que eu havia sido excluído.

Outro dia me dei conta de que o Marcelo nunca me disse eu te amo. Ele é carinhoso, demonstra que me adora, faz tudo ficar muito especial. Não que eu ligue pra essas formalidades, mas eu já disse essa frase algumas vezes pra ele, mas ele sempre responde de outro jeito, tipo: você é a mulher da minha vida ou sou louco por você. Sei lá, vai ver acha clichê. Como os japoneses, que não dizem eu te amo em sua própria língua, acham que soa brega. Preferem dizer I Love You. Vai entender.

No fim de semana passado ele estava com a pulga atrás da orelha com o pessoal do escritório. Parece que rolou um evento em Angra e ele não foi chamado. Achei tão bom. Fomos à praia, ao teatro e dormimos no Vip's, pra relembrar os velhos tempos. A vida está boa assim. Mas de vez em quando penso no que a vovó me disse. Afinal, pra onde é que estamos indo?

Existe uma expectativa geral de que sua vida siga um determinado plano: você se forma, consegue um bom emprego e logo em seguida casa. Embora eu estivesse com 27 anos, a minha carreira estava andando mais rápido do que a minha vida pessoal e aparentemente eu precisava fazer um ajuste nisso. Eu já demonstrava ser competente no campo profissional, mas o pessoal do escritório queria um pacote completo. Uma vez, discutindo um caso com o Arruda, ele chegou a dizer que se eu fosse casado entenderia melhor como funciona uma família, porque a mulher do milionário devia ser tratada assim ou assado. "Marcelo, você parece um padre: fala muito da família, mas não teve uma. Você conhece a coisa na teoria." Faria sentido se eu fosse um psicólogo de casais, ou algo assim. Não entendo como isso faria diferença no Direito. Mas é fato que se eu quisesse avançar mais ali teria que oferecer a eles o que eles queriam. O pior é que eu sempre dividia as coisas com a Mariana, mas isso eu não podia falar. Aí sim é que ela desconfiaria do meu ímpeto casadouro. Andei meio quieto por vários dias, mas acho que ela nem percebeu.

Marcelo anda estranho e calado. Sinto que em vários momentos ele está em algum outro planeta. Deve ser Marte, não dizem que os homens são de lá? Domingo passado aconteceu algo realmente estranho: ele não quis ver o jogo do Fluminense. Semifinal contra o Flamengo, dá pra acreditar? Perguntou se eu me importava de ele passar a tarde dormindo, que eu poderia pegar um filme na locadora, depois a gente sairia pra comer alguma coisa. Tudo bem.

Vi metade do filme, uma dramalhão chatíssimo, e acabei pegando no sono também. Quando acordei, fiquei olhando meu namorado e comecei a achar que talvez eu estivesse sendo egoísta. Como diria a vovó, afinal pra onde estamos indo? Eu queria conseguir um bom trabalho, mas, afinal, estarmos casados não significava ter que abdicar de qualquer coisa na minha vida. Eu poderia continuar a tentar um emprego, consultório, o que fosse. De repente começou a me dar uma felicidade enorme. Não consegui esperar o filme terminar, nem a noite cair. Pulei na cama e acordei o Marcelo: eu quero casar com você!

As melhores coisas da vida acontecem inesperadamente. Foi a primeira coisa que eu pensei quando a Mari me acordou dizendo que queria casar comigo. Eu passei a vida inteira planejando, me estruturando, traçando metas. Agora percebo que quando fazemos isso demais, o objetivo acaba perdendo a graça quando é alcançado. Para comemorar, jantamos num restaurante indiano. Eu pedi *ghost*, cordeiro. Mari preferiu um rodízio de pratos e parecia ter orgasmos a cada garfada. Aquela foi a melhor comida que já provei na vida. Uma vez eu li que nossa percepção dos pratos tem muito a ver com nosso estado de espírito no momento em que comemos. Se estamos muito felizes, tendemos a gostar mais. É por isso que quando voltamos a um restaurante e pedimos "aquele" prato, talvez o resultado não seja o mesmo de antes. No fim do jantar, peguei as mãos de Mari, beijei onde ficaria a aliança e disse: Te amo. Ela me abraçou e chorou. Depois me bateu uma dúvida: será que ela teria aceitado o casamento só pra me fazer feliz e por isso chorava agora, já arrependida??

Quando o Marcelo me disse "eu te amo", já na sobremesa, caí em prantos. Acho que foi a surpresa da declaração, misturada ao ambiente, à comida deliciosa e, claro, ao arrack, uma bebida indiana bem forte. Talvez eu chorasse mesmo por saber, no fundo, que aquele era um dia que não se repetiria mais. Sei que é um pensamento um pouco pessimista para quem vai se casar, mas a verdade é que os momentos não voltam, as emoções se perdem e somos sabotados por nossas lembranças. Na impossibilidade de trancafiar aquela emoção exata, aquela felicidade por não querer estar em nenhum outro lugar ou com nenhuma outra pessoa no mundo inteiro, chorei. Será que o Marcelo tinha noção do quanto eu era louca por ele?

A notícia do casamento não foi tão bem recebida no escritório quanto eu imaginava. Claro, recebi todos aqueles tapinhas nas costas, os parabéns de praxe e tudo mais. No almoço "pra comemorar", eu percebi por que o Arruda estava tão reticente. Ele me perguntou se Mariana já tinha arrumado emprego ou se continuava a trabalhar na "lojinha". Assim mesmo, no diminutivo. Aquilo me deu a impressão de que eles não só queriam que eu me casasse como também desejavam escolher o perfil de mulher ideal. Durante o cafezinho, a suspeita se confirmou. "Rapaz, eu acho que mulher tem que escolher o que quer da vida: ou vai trabalhar e ganhar bem o suficiente ou então fica em casa. A Marília, por exemplo, largou o emprego. Aquilo lá ficava uma zona. Sabe como são as empregadas, né? Sem ninguém em casa elas deitam e rolam. As crianças precisam de quem olhe por elas... Tem emprego que não compensa mesmo. Para que ela ia trabalhar pra ganhar uma mixaria? Eu a convenci logo a desistir."

Eu comecei a achar que a coisa estava passando dos limites. No fim do dia, fui conversar com o Félix. Ele se ofereceu pra ajudar a Mariana a arrumar um emprego melhor. Disse que tinha contato com famílias de industriais, ela era inteligente, não seria difícil. Eu agradeci, mas respondi que Mariana jamais aceitaria ajuda daquele tipo. Contei a história da sala e de como ela havia ficado ofendida com minha interferência. "Isso se arruma, garoto. Isso se arruma", ele disse, abrindo a porta da sala enquanto eu me despedia. No caminho pra casa, eu já aceitava mais a idéia. No fundo, era pro bem da Mariana, que mal haveria nisso? Ela ficaria a vida inteira atrás de um balcão? Era feliz? E minha função não era fazê-la feliz? O que eu quis até hoje que eu não consegui? Não é possível que eu não consiga fazer minha mulher se realizar profissionalmente. Competente ela é, só precisa de uma chance. Se eu tenho um amigo disposto a ajudar, qual o problema?

Então voltamos ao estágio inicial: Ipanema ou Leblon? Eu prefiro o Leblon, mas a cobertura que o Marcelo achou em Ipanema era um sonho. Pequena, dois quartos, mas duplex, com piscininha e churrasqueira. Uma delícia. Em menos de um mês ele entregou o apê onde morava e comprou a cobertura. Concordamos num quarto de estilo japonês, cama de tatame, abajures redondos. "Pra lembrar o Vip's, onde tudo começou", ele disse. O resto também ficou lindo, tudo claro, simples, aconchegante. A nossa cara. Essa foi a parte fácil. Difícil foi resolver COMO casar. Igreja? Eu não sou religiosa e nem ele. Gostamos de um lugar em Santa Teresa, com uma vista linda do Rio. Seria de manhã, coisa leve e informal.

Mas aí começou a pressão. Meus pais faziam questão da igreja, minha avó até chorou! Marcelo chegou há duas noites contando que no escritório todos queriam convencê-lo a fazer um casamento "de verdade", de preferência numa das igrejas tradicionais do Centro. Ontem seu Miguel telefonou pra mim, disse que tinha estudado no São Bento e adoraria se a gente fizesse a cerimônia no mosteiro da escola. Marcelo, a princípio, disse que aquele era um momento só nosso, que ninguém escolheria por nós.

Eu realmente não entendo essa mania de a família se meter em festas de casamento. Eu acho que é um teste. Eles pensam assim: se conseguirmos interferir na cerimônia, vamos conseguir nos meter na vida deles até que a morte os separe. Ou que a gente os separe.

Aos poucos, porém, fomos percebendo que não estávamos sozinhos nisso. Outras pessoas tinham expectativas. Pessoas queridas, que também queriam a nossa felicidade. Mais do que isso, vimos que o que nos interessava de fato eram nossos votos íntimos, nossa promessa de fazer um ao outro feliz. Na igreja, numa casa de festas, na prefeitura ou na delegacia, seríamos os mesmos e nosso amor também. Mas não terminava por aí. O mosteiro, coisa chique, pedia um vestido de noiva à altura. Pedia noivo de meio-fraque.

Meu Deus! Quem inventou o meio-fraque? Eu já sou obrigado a usar terno, tudo bem. Mas meio-fraque! Aí já é demais...

O mosteiro pedia músicas pomposas. Adeus canção do Flávio Venturini que a gente tinha sonhado. Adeus noiva só com flores singelas no cabelo solto. A Luiza, esposa do Félix, me levou, junto com mamãe, a um ateliê de noivas. O costureiro me mostrou vestidos absolutamente pomposos — a maioria horrorosos. Quando eu já estava desistindo, ele apareceu com um modelo cor de pérola, estilo reto, com detalhes bordados apenas na barra, e um véu discreto, sem coroa. Vesti e tive certeza de que se algum dia sonhei em casar de noiva, era aquele o vestido do sonho. Para completar, o ideal seria um buquê, natural, de rosas vermelhas. Adorei. A Luiza disse que era muito "nobre". Minha mãe também aprovou. Marcelo só veria no dia. "Dá azar o noivo ver o vestido antes do altar", garantiram minhas acompanhantes.

Nunca entendi essa superstição. Será que é pro cara não ver a noiva e finalmente perceber que está realmente casando? Sim, porque quando você vê sua namorada vestida de noiva, é a materialização do casamento! Muita gente pode desistir... Mas que eu estava doido pra ver a Mari de noiva, isso eu estava...

Próxima parada, o bolo. Escolhi um também cor de pérola. Fiz questão dos noivinhos em cima — apesar de a Luiza ter torcido o nariz. Será que dá pra botar os bonequinhos trepando?, pensei. A nossa cara!

Por que a gente não pode fazer os bonequinhos trepando? É a nossa cara!

Eu tinha que preencher um formulário escolhendo os docinhos. Era tanta coisa! Achei melhor levar pra casa e ver com o Marcelo.

Para que tanta variedade de doce? Todo mundo só come o casadinho e o brigadeiro mesmo...

Meu pai, é claro, não poupou esforços. Quis pagar metade das despesas — inclusive da festa, que seria no clube Caiçaras, na Lagoa — e se ofereceu até pra ajudar na lua-de-mel. Lua-de-mel? Marcelo disse que iríamos pra serra. Ele estava trabalhando que nem um doido pra terminar uma defesa antes do casamento. A gente só estava se vendo mesmo nos fins de semana. Bom, agora era esperar o dia 1º de junho chegar...

Os preparativos do casamento estavam deixando a Mari numa espécie de TPM constante. Todo mundo queria meter o bedelho e eu juro que em muitos momentos pensei em desistir da festa e fazer uma coisa só nossa, num lugar distante, sem ninguém por perto pra dar pitaco. Apesar da irritação e do nervosismo, eu senti que a Mari estava gostando. Eu vinha preparando uma surpresa pra ela e por conta disso tinha que trabalhar bem mais, adiantar coisas, checar petições, remarcar reuniões com clientes. A Mari nem desconfiava que a lua-de-mel seria em Paris. Embarcaríamos logo depois da festa. Não ia ter a trepada da noite do casamento, mas isso é uma lenda. Ninguém trepa na noite do casamento, de tão exausto que fica. Dormiríamos no avião e acordaríamos na Europa. Dez dias. Eu estava louco pra levar minha rainha ao palácio de Versailles. Doutor Marcelo, essa história de casamento está te deixando brega...

Não vai ter mais casamento nenhum! Acabou tudo. Filho-da-puta, traidor! Os homens são todos iguais. Clichê, mas verdade! Todos uns filhos-da-puta, uma racinha de merda! E agora? Os convites enviados, já chegou até presente!!

Ontem resolvi fazer uma surpresa. Saí da loja e fui pra casa dele. A gente poderia namorar um pouco e depois, quem sabe, iríamos ao nosso restaurante indiano. Cinco dias pra subir ao altar e a gente se vendo tão pouco. Liguei pro escritório, ele já tinha saído. Peguei o caminho do Leblon. Toquei a campainha e nada. Talvez ele não tivesse chegado. Como tenho a chave, entrei. Barulho de chuveiro. Fui devagarzinho pro banheiro, pensando numa sacanagenzinha molhada, mas o telefone dele apitou. Não sou do tipo que fuça celular de namorado, até porque nunca tive motivo pra isso. Mas pensei: ai, meu Deus, será que é alguma coisa do escritório, algum pedido que vá arruinar nossa noite? Fui olhar. Na inocência, juro!

Era um torpedo: "Marcelo, por favor diga sim. Um beijo gostoso. Gi."

Gi?? Beijo gostoso?? Diga sim??

Entrei no banheiro já gritando, com o celular na mão. Ele ficou me olhando como se estivesse vendo assombração. Ficou perguntando: O quê?? O quê?? Você tá falando de quê?? Eu estava fora de mim, um sentimento que acho que eu não conhecia. Desespero, vontade de quebrar alguma coisa, talvez a cara dele! Por fim, joguei o celular na privada e saí batendo a porta.

Agora estou aqui sentada olhando o mar e querendo morrer. Morrer mesmo. Aquela felicidade toda, tudo mentira. Também, só uma cega idiota como eu pra não perceber que um cara como o Marcelo deve ter uma fila de vagabundas atrás dele. E ele estava sumido demais. Devia estar aprontando... Fazendo vááárias despedidas de solteiro!

Canalha! E eu que nem uma babaca nos preparativos... O que é que eu faço agora??

O que eu faço numa hora dessas? Digo "não é nada disso que você está pensando"? Porque realmente não era nada disso que a Mari estava pensando. Essa garota, a Gisela, é uma estagiária lá do trabalho. Vive atrás de mim, dando mole. Isso não chega a ser uma novidade, eu sempre fiz um relativo sucesso com a mulherada. Depois que comecei a crescer na empresa, então, a coisa foi aumentando. Eu nunca comentei nada com a Mari pra que ela não ficasse preocupada à toa. Já fui um cara galinha mas, desde que começamos a namorar, nunca mais fiquei com ninguém. Nem tenho tempo pra pensar nisso. De vez em quando eu vejo alguns olhares no escritório, alguns e-mails abrindo possibilidades, mas escapo pela tangente. Só que essa garota é diferente. Ela fica no meu pé, insiste, já colocou até uma calcinha dentro da minha gaveta. O pior é que eu nem sei o que a Mari viu no meu celular porque o aparelho morreu afogado na privada. Já liguei mil vezes pra Mari e ela não atende, nem em casa nem no celular. Passei no prédio dela, tentei o interfone, mas não atendia. Interfonei para um vizinho, mas ele não atendia também. Por fim descobri que o interfone estava quebrado. Não havia sinal dela. Voltei pra casa. O que é que eu faço agora??

Nem sei como cheguei ao cafofo. Botei no automático, acho que andei a praia toda até Copacabana. Sorte não ter sido assaltada. No caminho, meu desespero foi mudando. Não sofro mais tanto pela idéia da traição, mas pela idéia de ficar sem o Marcelo. Amanhã acordo, desmarco tudo, devolvemos os presentes... e aí? Vai ficar um vazio...

Ainda bem que as meninas estão dormindo. A última coisa que eu queria era contar o que aconteceu, ouvir conselhos, frases feitas. Isso só me faz ficar mais confusa. Por que, meu Deus, por que eu fui olhar o celular dele? Que sentimento estranho esse, de preferir a ignorância. Será essa a chave da felicidade? Fechar os olhos, não saber de nada?

A tal Gi escreveu "diga que sim". Isso quer dizer que ele estava dizendo que "não"? Mesmo que nunca tenha acontecido qualquer coisa entre eles, pra alguém mandar um torpedo desse é porque ele estava dando alguma abertura, alguma esperança. Claro! Agora, se até na véspera do casamento ele tá correspondendo a cantada de mulher, o que dirá quando a gente estiver casado há anos??

Três da manhã. Não consigo dormir. Vou ligar pra casa dele. Atendeu no primeiro toque.

— Espero que você tenha uma boa explicação, porque eu não sei viver sem você.

Contei toda a história. Mari insistia na tese de que se eu nunca tinha dito nada a ela é porque estava gostando do assédio, eu respondia dizendo que nunca falei nada pra não deixá-la com preocupações e medos desnecessários. Omiti que eu dava um pouco de corda, fazia bem pro meu ego. Além disso, gostava de saber que tinha algumas mulheres disponíveis, uma espécie de back-up, caso algo desse errado ou batesse alguma vontade de trepar com alguém diferente. Mas isso era algo que não vinha acontecendo desde que conheci a Mari.

Depois de uma hora no telefone, eu disse que passaria lá pra pegá-la e nós conversaríamos pessoalmente. Só quando cheguei no prédio dela é que percebi que estava sem meu celular — afogado na privada — e não podia ligar lá de baixo pedindo para ela descer. E o interfone estava quebrado. O jeito era ligar de um orelhão, mas achei que se eu gritasse ela saberia que era pra descer. O sol ainda estava começando a nascer e a rua ganhava aquela tintura avermelhada do sol. Puxei o ar e gritei com força "Maaaariiii". Nenhuma resposta e gritei de novo. Um homem abriu a janela lá em cima, em outro apartamento, e me olhou de cara feia. Continuei berrando "Maaaariiiii" e quando vi já estava repetindo aos berros e chorando na rua. "Maaaariii, eu te aaaamoooo". "Eu te aaamoooo, eu te aaamooo". O sujeito já estava me xingando quando ela apareceu na portaria. Começamos os dois a xingar o cara, mandá-lo a merda. No fim, estávamos rindo e com pena do vizinho, que certamente não sabia o que era um amor de louco, desses que dá vontade de gritar, contar para o mundo.

Tudo que a gente imagina que vai pensar quando está entrando numa igreja vestida de noiva, braços dados com o pai, está errado. Nada de "como será a minha vida" ou "que Deus ilumine os meus passos" e muito menos "será que estou fazen-

do a coisa certa?". Eu, pelo menos, só pensava em tirar aqueles sapatos apertados, me livrar daquele vestido que me apertava a cintura e deitar numa cama bem gostosa com o Marcelo.

Eu estava muito nervoso. Muito mesmo. Para disfarçar, fiquei reparando nos cabelos ridículos das mulheres, nas maquiagens, nas caras e bocas. Mas quando a Mari entrou não consegui olhar mais pra lugar nenhum.

Claro que tudo mudou quando eu fui chegando mais perto do altar e vi o meu amor olhando pra mim. Será que ele estava com os olhos marejados? Me olhava fixamente, não␣sorria. Embasbacado ou preocupado? Arrependido? Quando cheguei perto, ele sorriu. Falou no meu ouvido. "Você tá linda demais." Aí eu relaxei. O padre era muito bem-humorado, citou poemas de Vinicius e Drummond. Também fez uma coisa muito legal: pediu que nós levássemos, num papel ou decorado, alguma coisa que quiséssemos dizer um para o outro. Até a véspera eu ainda não sabia o que escolher, aí vi no jornal um texto da Cecília Meireles, inédito, que tinha sido encontrado.
"Pensei que te construía para a multidão, mas era para mim que te estava construindo... Queria ser só eu a ver-te, mergulhando na minha admiração. Senti por ti esta espécie de ciúme que deve empolgar um artista que mostra aos estranhos sua obra. Que é que eles sabem de ti? Eu é que sei para onde se deve olhar. Eu é que sei onde ficaram as minhas noites, os meus olhos, a minha vontade". *Sei que era um texto bastante possessivo, mas também muito lírico. E era assim que eu estava me sentindo.*

A Mariana leu pra mim uma coisa linda. Escolhi a música do Flávio Venturini que abandonamos em troca de uma dessas músicas de noiva tradicional. Recitei como um poema. E, quando comecei a ler, a primeira surpresa que preparei pra noite: um violino solou ao fundo, no ritmo da canção.

"Olho para o céu
Tantas estrelas dizendo da imensidão
Do universo em nós
A força desse amor
Nos invadiu...
Com ela veio a paz, toda beleza de sentir
Que para sempre uma estrela vai dizer
Simplesmente amo você...

Meu amor
Vou lhe dizer
Quero você
Com a alegria de um pássaro
Em busca de outro verão

Na noite do sertão
Meu coração só quer bater por ti
E eu me coloco em tuas mãos
Pra sentir todo o carinho que sonhei
Nós somos rainha e rei"

Acho que o Marcelo fez algum tipo de curso de como ser lindo, especial e surpreendente. Ali naquela hora só havia nós dois, sumiu todo mundo. Nós dois e aquele violino, a voz dele recitando a canção que eu tinha sonhado. Não precisava de padre, de igreja, de nada. Nós somos rainha e rei...
 A festa foi muito boa, animada. Para os outros, claro. Depois de umas duas horas cumprimentando uma multidão, de mesa em mesa, eu e Marcelo estávamos exaustos, com o maxilar dolorido do riso estampado na cara o tempo todo e morrendo de fome, já que todos jantaram, menos nós. Eu queria ir ao banheiro lavar o rosto, esfregar os olhos, mas nem isso podia, porque borraria a maquiagem toda. Ao menos tirar os sapatos eu podia. Falei baixinho pra ele: cumprimenta umas dez mesas por mim que eu já volto.
 Que coisa mais difícil fazer xixi com essas anáguas todas! Quando eu estava lavando as mãos, ouvi: "Mari, sou eu, abre aí!" Que doido! Entrou, me agarrou e, ao contrário de mim, não teve a mínima dificuldade com as anáguas... Ai, ai. Agora a festa ficou boa...

Trepamos loucamente no banheiro, eu sentado na privada, ela em cima de mim. No meio da loucura, acho que rasguei o delicado vestido de noiva, seria preciso disfarçar para que ninguém visse. Quando acabamos, eu disse que estávamos atrasados, poderíamos perder o avião. Foi aí que contei a Mari que estávamos indo a Paris. Nada de dois dias num hotelzinho da Serra, como eu passei o tempo todo dizendo, alegando não ter muito tempo livre no escritório.

Ela achou que era brincadeira e a primeira coisa que disse foi: mas eu não tenho mala, eu tô sem roupa. "Então tá do jeito que eu gosto"... E trepamos de novo no banheiro.

O que dizer de Paris? Pura bobagem mostrar álbum de fotografias aos amigos ou relatar em detalhes o que você viu. Esqueça. Será pouco ou nada diante da realidade. É por isso que todo mundo repete a frase: Paris... é Paris. Bom, eu tenho uma frase também, mas essa é pra uso só meu: Paris com o Marcelo é... Paris com o Marcelo.

Andamos como loucos, de manhã até o fim da tarde. De noite era hotel, aquela cama gostosa que eu sonhava quando entrava na igreja. O que eu mais gostei foi Montmartre. Que coisa mais linda a escadaria, a Sacré-Coeur branquíssima coroando a paisagem, aqueles artistas pintando, o homem do acordeão tocando "La Vie En Rose"... Também gostei muito de uma praça de onde vemos a Torre Eiffel ao longe, inteirinha. Fomos pra lá na hora do pôr-do-sol e só saímos à noitinha, depois dos fogos. Eu não tinha bebido nada, mas parecia que estava meio alta, vai ver felicidade embriaga... Marcelo inspirado, só falando besteira... E eu ria sem parar, já nem sabia mais de quê.

Eu deveria ter feito um cursinho básico de francês pra me virar em Paris e me exibir pra Mari. Mais uma vez ela me surpreendeu: não ficou entediada nas visitas a lojas de gravatas, sapatos, ternos e nem se importou com a fumaça dos incríveis charutos. Paris é um dos poucos lugares do mundo onde ainda se pode fumar um charuto em paz. Nunca me senti tão feliz em toda minha vida. Fiz uma reserva num restaurante do Alain Ducasse, coisa de 220 euros por cabeça (sem cafezinho) e achamos a comida uma merda. Concordamos às gargalhadas que o filé de peixe do Vip's era muito melhor do que aquele cordeiro com fios de ouro. Eu realizei o velho sonho de bancar o marido rico e fiquei sentado em algumas lojas enquanto Mari escolhia roupas. Tudo era motivo pra fazer graça, nossos comentários bobos de turistas viravam as melhores piadas do mundo. Voltamos de lá cheios de bordões e falando nossos nomes com sotaque francês — Marrí e Marcelô.

Agora, no avião de volta, Marcelo dormindo aqui do meu lado, com a cabeça encostada no meu ombro, fico pensando no que está por vir. Será que vai ser sempre assim? Será que vamos ser felizes pra sempre? Será que viremos a Paris de novo? Como é que se faz pra um casamento dar certo? Só amor não basta, isso é certo. Prometo que não vou implicar quando ele quiser ver o futebol, nem reclamar daquelas coisas de homem, toalha molhada em cima da cama, garrafa de água vazia na geladeira, roupa suja espalhada pela casa... Será que dá pra fazer diferente de todo mundo?

Na volta, no avião, eu encostei a cabeça no ombro da Mari e fiquei fazendo um flashback da viagem, pensando em como seria a nossa vida dali pra frente. Naquela hora eu prometi que faria tudo diferente do meu pai, não trabalharia demais, que viveria pra ela. Fiquei pensando se um dia voltaríamos a Paris, se continuaríamos a achar o filé de peixe do Vip's melhor do que o cordeiro com fios de ouro do Ducasse e se ela me amaria mesmo se eu não tivesse dinheiro nem pro filé de peixe. Naqueles poucos segundos que antecedem o sono, me peguei repetindo mentalmente os votos do casamento. Eu te prometo ser fiel, na saúde e na doença, na alegria e na tristeza, amando-te e respeitando-te, e me esforçando todos os dias de minha vida pra que tenhamos mais alegrias que tristezas e que nada nos separe.

3

*H*oje pensei concretamente em me separar do Marcelo. Acho que foi a primeira vez em que me imaginei de verdade sem ele, vivendo em outro lugar com o Miguelzinho, fazendo as coisas do meu jeito. Ele não apareceu pra jantar de novo. Mais um caso milionário. A cada vez que um desses processos termina, o patrimônio do meu marido aumenta. Um carro novo, mais caro, uma casa de campo. Agora ele quer uma lancha. Não tenho nada contra dinheiro, mas consumir virou o maior hobby do Marcelo. Mais do que o tênis, mais do que o pôquer, mais do que a coleção de camisas oficiais de times de futebol do mundo inteiro.

    Engraçado que, enquanto ele desfaz casamentos, eu tento ajudar a mantê-los de pé. Mal voltamos da lua-de-mel em Paris, consegui um emprego na área de apoio psicológico de uma empresa. Trabalhei lá por dois anos e juntei um dinheiro pra abrir um consultório. Arrumei uma sócia, a Valéria, colega da faculdade. Ela já atendia casais e acabou me passando alguns pacientes. Acabei gostando dessa especialidade. Confesso que usava em casa muita coisa que eles me contavam. Comparava, tentava fazer certo o que eles faziam errado.

Eu não sei quando meu casamento começou a afundar. Sei que já afundou. Ontem completamos oito anos juntos e ele nem se lembrou. Sei que homens são ruins com datas, mas o Marcelo sempre marcou os dias importantes na agenda do celular. Nunca esqueceu meu aniversário e nem nossas datas especiais. Mesmo nas últimas vezes, quando já não estávamos mais tão bem, ele lembrou e foi carinhoso. Se esqueceu dessa vez é porque tudo acabou mesmo.

Não entendo a Mariana. Eu me mato de trabalhar tentando dar o melhor pra eles, deixar uma boa herança pro Miguelzinho e termos uma vida confortável. Ela vivia dizendo que estava de saco cheio da casa de Teresópolis, que eu queria ir pra lá todo fim de semana. Eu tentei uma mudança radical: comprar uma lancha, mudar de ares, trocar a serra pelo litoral. Ela só fez cara feia. Ela não fala nada, mas eu sinto que fica chateada quando eu compro coisas. Eu não tenho culpa se ela não aceita meu dinheiro e se não ganha o suficiente pra se dar pequenos luxos. O sujeito trabalha como um cachorro e não pode sequer comprar meia dúzia de camisas de futebol?

Sexo, nunca mais. Vive com sono, reclamando, querendo ler. Aquela coisa toda de trepar até no banheiro acabou. Mas isso eu meio que já esperava, casamento é assim mesmo, com o tempo tudo vai esfriando, é normal. Só que eu sinto falta. Porra, eu sou homem. Resolvi seguir o conselho do meu pai. De vez em quando dou uma trepada por aí com uma estagiária, uma secretária ou uma cliente mais gostosa. Depois que entrei pra sociedade, mulher não falta. Pelo menos na rua. Em casa, é outra história. Eu acho que quanto mais eu subo na profissão, mais ela se fecha. Não sei bem, acho que ela tem alguma neurose com o fato de eu ser um dos mais bem-sucedidos advogados de família do Rio de Janeiro, quem sabe do Brasil, enquanto ela fica rachando consultório com uma amiga. A Mariana é ótima pra resolver o problema do casamento dos outros, mas o nosso ela vai deixando pra lá. Desde que teve o Miguelzinho ela deixou de ser mulher e virou mamãe.

Eu vou levando. Não quero perder o contato com o Miguelzinho, sei que ela bem pode usar o garoto para se vingar de mim, e não estou nem um pouco interessado em perder metade do meu patrimônio. Conheço a Mariana. Sei que nem passa pela cabeça dela se separar. Vamos assim até o final. Ela finge que não, mas já está acostumada com o conforto, com a liberdade que eu dou, com tudo o que eu proporciono. Ontem a gente completou oito anos juntos, mas eu nem falei nada. De que adianta? Temos alguma coisa pra comemorar? Eu acho que chega uma hora em que é preciso acabar com a hipocrisia dos almocinhos e jantares comemorativos. Se ela não está querendo conversa, se está cada vez mais distante, não tem por que mantermos as aparências.

Ontem voltei pra casa muito feliz. Dei alta a um casal que se tratava comigo há dois anos. Chegaram prestes a terminar tudo. O caso clássico da ausência de pontos em comum, da falta de sintonia, de tesão, de companheirismo, de tudo. O meu caso, eu até poderia dizer. Aos poucos foram falando, às vezes gritando. Não sei como não quebraram o consultório em alguns dias mais tempestuosos. Depois as coisas foram melhorando, alguns sinais vitais recuperados. Fizeram viagens, cederam aqui e ali, altos e baixos. Agora estão bem, se dizem apaixonados de novo.

Quando se despediram de mim, contaram que partem no sábado pra Paris. Foi duro lembrar de Paris, claro. Eles saíram, desliguei o telefone da tomada e fiquei deitada no divã dos pacientes por umas duas horas. Acho que minhas defesas me impedem de ficar lembrando o tempo bom. Mas forcei a barra, uma coisa meio masoquista, e me recordei de nossos risos, frases, beijos, do sexo todos os dias naquela cama deliciosa do hotel. Me lembrei do Marcelo repetindo todas as noites que "aquela cama subia e descia sozinha, fazia o trabalho todo por nós". Hoje temos aquele colchão inglês, igualzinho, na nossa cama. E pra quê?

Sei que ele acha que a culpa é minha. Por muito tempo andou querendo trepar e eu fugia. Mas como é que ele consegue ter tanto tesão com as coisas ruins entre nós? E como é que ele acha que fica o meu desejo diante de um homem que pouco me dá atenção, que mal me ouve, que não liga para as minhas coisas, que parece que goza mais com mais um carro novo do que quando me vê? Eu sei que não sou mais tão bonita quanto eu era. O Miguelzinho já vai fazer 5 anos e eu não voltei ao meu peso de sempre. Isso me incomoda também. Se eu não estou me sentindo bem, não fico à vontade com ele.

A Mariana ontem chegou aqui em casa toda feliz. Eu acho que ela deve andar trepando por aí. Se aqui está tudo uma merda, por que aquela felicidade toda? Não entendo, não entendo. Eu perguntei o que era, ela desconversou, disse que não era nada. Só faltou dizer que tinha se lembrado de uma piada. O pior é que ela nem tenta disfarçar. Chegou em casa mais de duas horas depois dos últimos pacientes. Eu liguei pro consultório, o telefone tocou, tocou e ninguém atendeu. Quando ela chegou, eu perguntei onde estava. Disse que estava no consultório. Fingi que acreditei, mas eu sei muito bem que duas horas é o tempo padrão da trepadinha clandestina.

Minha culpa eu sei que não é. Eu não sou mais um garoto, mas continuo de pau duro. Pior é que eu ainda sinto muito tesão pela Mariana. Eu nunca disse isso, mas eu achava que ela era um pouco magra demais. Sempre fui tarado nos peitões, mas acho que faltava um pouco mais de carne no conjunto. Depois que ela teve o Miguelzinho, ficou no ponto, mais cheinha. Eu tive aquela fase do "porra, ela é a mãe do meu filho". É difícil você chupar o peito da mulher que dá de mamar ao teu filho, mas superei, agora estou sempre pronto. Só que ela está sempre fugindo. Nas poucas vezes em que trepamos, pede pra apagar a luz. Eu acho que é pra não olhar pra minha cara.

Tudo bem que a gente já não tem a mesma intimidade de antes, mas eu não entendo como o desejo acaba assim. Porra, o corpo é o corpo. A gente tem vontade de sexo como tem de cagar, como tem de comer. Sei disso porque ando trepando por aí com mulheres com as quais eu não agüento ter mais de um minuto de conversa depois de gozar. Frígida a Mariana não é. Se ela não tem vontade de trepar comigo, se anda chegando mais tarde, se mente, é porque tem outro, tá na cara.

Marcelo me olhou esquisito quando entrei em casa de alto-astral. Perguntou o que era, mas preferi não falar. Dizer que um casal paciente estava de novo às boas com certeza ia ser interpretado por ele como indireta, vontade de discutir a relação. E isso é uma coisa que eu prometi a mim mesma que não faria: ficar forçando homem a conversar, quando ele quer mesmo é dormir ou cuidar das coisas dele. Era só acabar o jantar, Miguelzinho ir pra cama e ele já sentava no computador do escritório pra trabalhar. Trabalhar ou sei lá mais o quê vai ver até faz sexo virtual por aí, seja lá o que for isso...
Tomei um banho pensando: se eu ajudei aquele casal, por que não posso me ajudar? Que conselhos dei a eles que poderia usar na minha vida? Uma vez, sozinha com a mulher, falamos sobre sensualidade, uma coisa que não era só instintiva, mas que merecia um investimento. Não sei o que ela fez, mas eu não sei como agir. Às vezes eu chego em casa com tesão, a fim de alguma coisa especial. Como hoje. É o que eu chamo de Tesão Pós-Menstrual, um fenômeno que eu tenho desde que me entendo por mulher. Dois ou três dias depois que a menstruação vai embora, eu fico subindo pelas paredes. O que fazer pra agitar as coisas de novo com alguém com quem você não

tem mais nada há um tempão? Põe uma lingerie nova e faz striptease pra ele? E se ele começar a rir? Saí do banho com segundas intenções. O Marcelo estava sentado na cama, com o notebook no colo. Essa era a moda agora, um ménage à trois: eu, ele e o laptop... Mas fui em frente.

Eu tô aqui sentado na cama e ela estranhamente começa a mexer com o pé no meu pé, falar com voz dengosa. Bastou eu fazer cara feia pra ela começar com isso. Pra mim fica cada vez mais claro que a Mariana tem mesmo um amante. Agora ela já percebeu que eu desconfio e quer me dar pra eu ficar mais calmo e tirar isso da cabeça. Mas eu não sou de ferro e comecei a ficar com vontade também. Alisei a perna dela e me dei conta de que já estava até me esquecendo da textura de sua pele, do calor, dos pelinhos que se arrepiam ao toque. Fui subindo a mão pelas coxas e quando Mari deu um pequeno suspiro ouvimos a voz do Miguelzinho, do quarto. Ela saiu, foi lá falar com ele e voltou. Disse que o garoto não estava conseguindo dormir e, com um sorrisinho sacana que eu não via há muito tempo, pediu pra eu esperar que ela já voltava. Esperei durante 45 minutos e ela não apareceu. Fui até o quarto e vi os dois dormindo. Desliguei o abajur que usávamos pro Miguelzinho não ter medo do escuro. No dia seguinte saí mais cedo do que o costume para não encontrar com a Mariana no café-da-manhã.

Acordei cedo, mas o Marcelo tinha saído mais cedo ainda. Algum trabalho inadiável, provavelmente. Pedi que ele me es-

perasse ontem à noite, mas enquanto o Miguelzinho não dormia, comecei a pensar, não sei por que, em brigas do passado. Em coisas ruins que o Marcelo tinha me dito, em atitudes idiotas em muitas ocasiões. Lembrei que quando o Miguelzinho estava pra nascer fomos a uma festa de aniversário da filha do Félix. Eu não queria ir, estava pesada demais e nem tinha roupa que coubesse. Mas ele insistiu, disse que o Félix era um grande amigo, como um pai, e que depois que ele tinha se aposentado, se viam muito pouco. Pedi que ele fosse sozinho, mas ele ficou puto, disse que "não ficava bem". O Marcelo e as formalidades da empresa. Inventei uma roupa ridícula e fui com ele, me sentindo um barril enrolado por uns panos esgarçados.

Eu estava me sentindo horrorosa e enjoada com tantos charutos por todo lado. Fui até a varanda pra tomar um ar e lá fiquei olhando o Marcelo conversando com os sócios, numa rodinha. Foi aí que eu percebi que ele não tirava os olhos de uma loura alta que passava de um lado pro outro, vestida num tubinho preto. Ele falava com os caras, mas os olhos dele passeavam pela bunda, pelos peitos. Chegou a virar de lado pra poder olhar melhor. Nem sei se ele tinha alguma coisa com ela ou não, mas aquilo me deixou muito mal. Me senti um lixo. Disse que queria ir embora, pegaria um táxi. Ele acabou indo comigo e discutimos em casa. Falou que eu estava "paranóica", mas como eu estava grávida, ele "perdoava".

Outras histórias de brigas passaram pela minha cabeça e resolvi não voltar pro quarto. Olhei o Miguelzinho dormindo e pensei de que forma eu poderia criá-lo para ser um homem diferente. Mas não consegui ter nenhuma idéia. Ainda mais com o pai que ele tinha. Acho que depois disso não demorei muito a dormir.

Passei o dia sem digerir a sacanagem que a Mariana fez comigo à noite. O Miguelzinho tem problemas pra dormir, muitas vezes chama a mãe, é normal que casais passem por dificuldades depois que os filhos nascem. Mas não é preciso fazer nenhum esforço de memória pra perceber que a Mariana começou a esfriar bem antes de o menino nascer. Ainda grávida, ela se recusava a participar dos meus programas. Foi à festa da filha do Félix praticamente obrigada. Veja bem: logo o Félix, que ela nem sabe, mas é a quem ela deve o emprego e o consultório. Foi o Félix que teve a idéia de procurar uma amiga diretora da empresa onde a Mariana conseguiu emprego. De uma hora pra outra, estava tudo arranjado. Alguém ligou lá pra casa marcando uma entrevista com ela. Mariana estranhou e eu disse que tinha enviado currículos dela por aí, sem ela saber. O Félix achava — e estava certo — que sendo casado com uma vendedora de shopping eu jamais teria respeito dos outros sócios da empresa. Ela não pode ter gratidão por ele porque não sabe dessa história, mas pelo menos poderia ser grata por tudo o que ele fez por mim — e pela nossa família. Mas não, cagou pra isso. Inventou que estava sem roupa. Logo a Mariana, que já embarcou pra Paris sem mala, estava dizendo que não ia a uma festa sem uma roupinha, mesmo tendo um armário lotado. Quando chegou lá, inventou uma história de uma loura, a amante de um dos caras do escritório. Eu olhei pra a mulher, claro, porque ela era gostosa demais, mas foi uma coisa meio que no reflexo. Não sou canalha a ponto de dar em cima da mulher de um amigo, mesmo que seja uma amante.

Ele que não diga que eu não tentei. Quando comecei com o consultório, contava tudo pra ele. Tentava conversar sobre os pacientes, sobre a forma que eles pensam, sobre os desencontros e as armadilhas que a vida arma para as pessoas, por mais que elas se amem e se entendam. Era gostoso ficar até de madrugada de papo, era conversar e trepar, uma delícia. Eu sempre tentei trazer minha vida fora de casa pra dentro, sempre tentei dividir minhas coisas com o Marcelo. Mas aos poucos ele foi se desinteressando de tudo. Os casos ficando mais complicados — e envolvendo mais dinheiro e mídia — e ele foi se voltando cada vez mais para as próprias coisas. Não lê mais um livro, não escuta mais os CDs novos que eu trago pra casa. É trabalho, trabalho, trabalho. Eu já fujo desses programas, ele que vá sozinho. Não tenho mais paciência pra blábláblá de perua, botox, carboxiterapia e lipoaspiração. Parece mentira, mas eu tenho saudade de quando ele gostava de futebol, me levava pra vê-lo jogar, gostava que eu ficasse abraçada com ele quando via jogo na televisão. Quem diria!

Ela que não me diga que eu não tentei. Quando o Miguelzinho fez 3 anos, eu armei uma nova viagem a Paris. Estava disposto a recuperar o que tínhamos, freqüentar os lugares onde fomos tão felizes pra reavivar a lembrança dela. A vida da Mariana mudou muito desde o casamento, a responsabilidade do consultório, o filho, o marido muitas vezes ausente. Eu entendo isso. Mas estava de coração aberto, tentando uma mudança. Pois ela recusou a viagem. Disse que estava com dois pacientes com problemas demais e tendências suicidas. Não podia deixar o país e dormir tranqüila sabendo que alguém poderia estar morto na volta. Ou seja: se importava mais com o casamento dos outros do que com o nosso. Ela já me acusou muitas vezes de trabalhar demais e deixar tudo de lado, mas não percebe que faz o mesmo, que se envolve demais com os problemas dos pacientes, que é negligente a ponto de achar que não precisa fazer análise pra se livrar dessa carga. Nunca me entende e reclama até mesmo que eu não paro nem para ouvir um CD, ler um livro. Alguém tem que ganhar dinheiro nessa casa, se é que ela não percebe.

Não ligar pra mim eu até posso perdoar. Mas não ligar pro Miguelzinho é o fim. Não participa de quase nada da rotina do menino, nunca sabe onde estão as coisas dele. Outro dia fiquei gripada, pedi que ele fosse mais tarde pro escritório e o levasse à natação. A Juraci pode levar, mas ele gosta que eu ou o pai o vejam nadar. Eles saíram e voltaram 20 minutos depois. Esqueceu de botar a sunga do garoto na bolsa. Miguelzinho perdeu a natação. Se eu não faço, ele não faz. Se eu não aviso, ele não sabe. Eu sempre imaginei que o Marcelo seria bom pai. Ele era carinhoso, divertido, tinha uma coisa meio moleque que eu adorava. Uma decepção. Outro dia minha mãe me perguntou se a gente não ia "encomendar" outro bebê. Com o Marcelo, Deus me livre!

A Mariana me deu um filho, mas não me deixa ser pai. No início eu pensava que tinha ciúme do Miguelzinho, mas hoje eu vejo que ela realmente não deixa eu me aproximar do garoto. Está sempre criticando as minhas brincadeiras com ele, não me deixa fazer parte da rotina, levar ao futebol, à natação. Ela já assume que eu vou estar ocupado e sai fazendo tudo. Quando eu tento, ela diz que não precisa. Monopoliza a educação do garoto e tem sempre alguma teoria nova da psicologia para explicar por que o jeito dela é certo e o meu jeito é errado. Como é que eu posso discutir? Isso é a especialidade dela! Quando eu opino sobre meu filho, é como se eu não existisse. Ela balança a cabeça mas parece estar pensando em outra coisa, eu sinto que está longe. Nunca mais fez nada pra me agradar. Antigamente tínhamos uma espécie de ritual: eu dormia até mais tarde aos domingos e ela acordava cedo para caminhar. Na volta, sempre trazia uma coisinha para o almoço. De uma hora para outra, parou. Então contratei uma cozinheira para os domingos.

Recebi um cartão-postal do casal de pacientes. Versailles. Estava difícil não pensar no passado. Sábado de manhã meus pais pediram pra levar o Miguel no Jardim Zoológico, aproveitei pra dar uma caminhada na praia. Sozinha, claro. Nos fins de semana Marcelo não acorda antes das onze, a não ser que tenha corrida de Fórmula-1 na televisão. Sempre tive o costume de sair deixando um bilhetinho e, quando voltava, trazia alguma coisa gostosa pra gente comer. Eram bons tempos aqueles, em que a gente ainda morava na cobertura de Ipanema. Agora, nesse condomínio de mansões aqui da Barra, temos duas empregadas o tempo todo, uma delas até no domingo. Comida até dizer chega.

Talvez eu reclame de barriga cheia. A Creuza é ótima, cozinha como ninguém. Por causa dela nunca consigo perder os cinco quilos que faltam pra eu caber nas minhas velhas calças jeans. E a Juraci é como uma mãe pro Miguelzinho. Às vezes pra mim também. Hoje, no café, enquanto se arrumava pra passar o fim de semana em casa, ela disse que eu estava muito bonita. Agradeci. Ela falou que eu e o Marcelo éramos o "casal mais lindo do condomínio".

Pior é que eu também achava. O filho da mãe do Marcelo tava envelhecendo bem. Trinta e cinco anos com corpinho de 20. Eu sentia falta dos braços dele. Do jeito de me puxar e enlaçar e entrar pelos meus cabelos adentro e tudo o mais. Incrível, mas mesmo com nosso casamento tão mal, eu nunca olhei pra homem nenhum, jamais me interessei por ninguém. Eu ainda amo o Marcelo, mas acho que faço tudo pra ele não saber disso. Por que eu tenho pensado tanto em separação?

Ainda estou estranhando o meio-assédio de outro dia. Talvez ela tenha se desencantado com o amante. Se viu sozinha, sem o marido e sem o cara. Estranho dizer isso, mas eu gostava mais quando ela tinha o amante. Pelo menos chegava em casa alguns dias mais leve e a gente até ria um pouco no jantar. Cheguei a pensar em colocar alguém atrás dela para investigar, mas desisti. Eu não queria fazer a vida do Miguelzinho virar um inferno, e muito menos perder metade de tudo o que eu tenho só porque minha mulher anda trepando por aí. Sem contar que tudo podia não passar de uma suspeita infundada e eu ainda poderia cair na mão de algum detetive chantagista que ameaçaria contar tudo pra ela. A menção de um detetive num eventual processo de separação deixaria as coisas ainda piores para mim e renderia um bom percentual de pensão pra ela...

Quanto mais eu fujo, mais fantasma me aparece. Fui à praia louca pra ficar sozinha e antes dos dez primeiros passos encontrei a Lavínia, mulher do sócio mais novo do Marcelo. Pelo menos esta ainda não está totalmente contaminada. Ainda não usa botox. Os seios são grandes, mas parecem ser dela mesmo. Caminhamos juntas por quase uma hora e o assunto, claro, foi o pessoal do escritório. Ela contou o quanto o Paulo André — o marido — estava feliz com a sociedade, que a vida deles deu um salto de qualidade (do que será que ela estava falando?), mas que ela tinha "medo" do excesso de responsabilidade afastar o marido de casa. Depois completou: "Queria que ele fosse como o Marcelo." Como o Marcelo? Por quê?, perguntei. Para minha surpresa, veio com uma história de que os amigos do trabalho sacaneavam o Marcelo porque ele nunca saía sozinho com eles, dizia sempre que tinha que ir pra casa, que eu estava esperanao, que estava com saudade do Miguelzinho. Resumo: Marcelo tem fama de "família" entre os amigos.

Alguma coisa não encaixava. Então eu tenho um marido padrão e não sei? "O Marcelo é um exemplo de homem apaixonado e dedicado. Pelo menos foi isso que eu sempre ouvi de todo mundo", disse a Lavínia. Comecei a sentir uma certa culpa. E se fosse eu a vilã dessa história toda? Será que eu não consigo aceitar que as coisas evoluem, se transformam? Fiquei estagnada, com a idéia de que tínhamos que continuar a viver uma vida igual a de solteiros? Me despedi dela com alguma desculpa esfarrapada, passei no restaurante pra comprar frango assado com batatas — que o Marcelo adora — e segui pra casa disposta a discutir a relação.

Já acordei há uma hora e meia e não tenho disposição pra levantar. No fim das contas estou percebendo que tanto esforço e concentração no trabalho não estão sendo suficientes pra preencher todos os vazios. Há dias venho me sentindo assim, como se as coisas não fizessem sentido. Cometi um erro grave ao me afastar dos programas com amigos pra trepar com a gostosinha da vez, qualquer uma. Já não venho mais rendendo tanto no trabalho, me pego reclamando de tudo, não vendo graça em nada. Se eu continuar nessa rotina, tudo vai ruir. O casamento já faliu, não posso permitir que isso acabe contaminando todo o resto. Então resolvi assim, de supetão: vou tirar uma semana de folga. Fazer uma pequena viagem, Buenos Aires, sozinho, colocar a cabeça no lugar. Andar por aí sem rumo, fumar um charuto na rua, jantar sem me preocupar com nada.

Levar uma mulherzinha também não seria mal. Nenhuma do escritório, para não parecer que a trepada casual está virando um caso. Lembrei de uma advogada com quem saí algumas vezes mas que desisti por sentimento de culpa. Constatei que Mariana não só tornava a minha vida infeliz, como também não me deixava reagir e partir pra outra. Estava pensando nisso quando ela entrou trazendo comida. Só pode ser pra me provocar. Ela reclamou mil vezes da contratação da cozinheira de fim de semana. "E aí, vamos comer?", falou. Seria deboche? "Faça bom proveito", respondi, e saí batendo a porta, pra só voltar tarde da noite e encontrar todos dormindo.

Eu sou uma otária mesmo. Uma babaca. Joguei o frango no lixo. Levei o Miguelzinho pra andar de bicicleta, escondendo as lágrimas e o desespero. Não sei mais o que pensar, não sei mais o que esperar.

Não sei muito bem em nome de quê eu ainda mantenho esse casamento. Acho que no fundo ainda a amo, embora ela não demonstre mais qualquer sentimento por mim, a não ser o descaso e a reprovação imediata de qualquer coisa que eu faça. Não tenho mais o que fazer, nem o que esperar.

Miguel dormiu. Hoje custou muito, parece que pressente que há alguma coisa muito errada por aqui. Perguntou pelo pai umas três vezes, eu disse que ele tinha ido ao trabalho. Acho que ouvi barulho de chave...

Primeiro eu saio daquele jeito, volto e ela não fala nada. Não pergunta sequer onde eu estive. Depois, reage com frieza à notícia da viagem. Disse só um "tá bom" assim como quem recebe uma notícia banal. Em todos estes anos nós nunca ficamos separados tanto tempo. Eu disse que ia viajar durante sete dias e ela sequer perguntou para onde e nem por quê. "Tá bom." Acho que a Mariana passou do estágio da irritação e foi para a indiferença. Ótimo, assim eu aproveito Buenos Aires bem acompanhado e sem ficar me sentindo culpado. Depois que falei com ela, subi e passei no quarto do Miguel. Decidi que dormiria lá. Olhei Miguel dormindo e senti uma angústia enorme, um medo de não vê-lo crescer, uma sensação de ter falhado no que, de fato, era o mais importante para mim.

Viagem, sete dias? Para onde, para que, com quem? Descobri da pior forma possível que não quero separação nenhuma, quero o Marcelo, quero a nossa vida. Ao mesmo tempo me sinto tão longe dele, do mundo dele, que sequer tenho coragem de perguntar qualquer coisa sobre essa viagem. Parece que não tenho esse direito. Talvez ele ache mesmo que eu não tenho. Diante do medo de uma resposta como "não te interessa", preferi não perguntar. É melhor adiar o momento em que vou ter certeza de que não somos mais um do outro. Ou ao menos não facilitar a vida dele, se é isso que ele quer me dizer.

"Tá bom", foi só o que consegui dizer. Talvez amanhã eu diga boa viagem. Talvez eu grite e peça que ele me leve com ele. Talvez eu ajoelhe e implore pra ele ficar. Fiquei até tarde com a televisão ligada, na sala, olhando as cores e as luzes. Depois resolvi que dormiria no quarto do Miguel. Mas o Marcelo já estava lá, num colchão, ao lado do nosso filho. Fiquei surpresa. Então tomei um calmante e dormi no sofá mesmo.

Saí de casa me sentindo estranho, eu e minha pequena mala. Encontrei Rosane no aeroporto. Ela estava feliz com a viagem, foi discreta e não perguntou o que eu tinha dito a Mariana. Tinha dez anos a menos que eu e um jeito meio avoado, mas era altíssimo astral e isso me animava. Parecia uma criança que acaba de ganhar presente. E parecia ganhar um presente a cada segundo. Ficamos na Recoleta e no segundo dia da viagem, durante uma caminhada, empolgada com o clima europeu, Rosane disse que um dia queria ir a Paris comigo. Você não pode ir a Paris comigo, a Paris eu só vou com a Mariana. Aliás, você não pode nem vir aqui comigo. O que nós estamos fazendo aqui?, pensei.

Depois disso a viagem morreu. Fiquei melancólico e a alegria infantil de Rosane passou a me irritar. Ela parecia estar diante de um ídolo e a todo tempo ficava dizendo o quanto eu era bom na profissão, lembrando de casos fantásticos que eu ganhei. Mariana nunca fez isso. E eu achava que gostaria que ela fizesse, mas percebi que isso é uma chatice. Meu mau humor ia aumentando e não demorou muito pra eu começar a reclamar de tudo. A coisa desmoronou de vez quando Rosane disse que queria ir a uma casa de tango. Me desculpe, mas eu não danço tango com você. Eu aprendi a dançar tango pra Mariana. Aliás, eu aprendi a viver pra Mariana. Mas só longe dela é que pude ver isso. Havia tempo, claro, de voltar ao Brasil e consertar tudo. Tempo de voltar a Paris, de falar nossos nomes com sotaque francês, de comer o filé de peixe do Vip's, de fazer um golaço pra ela comemorar. E era isso o que eu ia fazer. Parar a caminhada ali mesmo, pedir desculpas a Rosane, entrar no primeiro avião e voltar pra mim porque aquele ali não era eu. Foi quando o fôlego começou a faltar. Vamos sentar um pouco aqui, eu pedi, já andamos demais. Só me lembro de sentir uma dor no braço, ver tudo girar e cair no chão com uma dor profunda no coração, que só seria menor do que a que viria dias depois.

Acordei num hospital de Buenos Aires e levei um susto quando vi Mariana. Tivera um infarto no meio da rua. Desesperada e sem ter a quem apelar, Rosane ligou pra ela e contou tudo. Não fez por mal, ela realmente não tinha o que fazer. Envergonhada, Rosane foi embora e me deixou com minha mulher. Mariana não arredou o pé do hospital. Não tocou no nome de Rosane, nada perguntou sobre ela e nem sobre os motivos da minha viagem. No dia em que tive alta, ela me comunicou que não voltaríamos a viver juntos, que eu poderia ficar com a casa e que ela arrumaria algum lugar pra ficar. Tive vontade de segurá-la pelo braço, implorar pra que ela não fosse embora, dizer que era ela o amor da minha vida e que eu tinha sido um idiota. Mas não tinha moral pra isso. Ela estava decidida e não me restava mais o que fazer. Eu só disse que precisávamos combinar pensão, visitação do Miguel e divisão de bens. "Quero que você fique bem de saúde primeiro, depois a gente pensa nisso", ela disse. Pegou a minha mão de leve e vi que ainda usava a aliança. Fiquei envergonhado de estar sem a minha, guardada durante a aventura em Buenos Aires, onde eu entrei querendo ser solteiro novamente e saí desejando mais do que nunca estar casado.

No vôo de duas horas pra Buenos Aires, dois pensamentos se revezavam na minha cabeça. O primeiro: a idéia de que sabemos o que está acontecendo na nossa vida é a maior ilusão que podemos ter. O segundo: Marcelo morreria? Ele tinha apenas 36 anos, e já um infarto. Ainda assim, não pude parar de pensar que o coração dele ainda deveria estar muito melhor do que o meu. Eu, que recebi aquele telefonema presa num engarrafamento, a caminho do trabalho. Atendi o celular achando que era um paciente reclamando do atraso. Mas, do outro lado da linha, quem falava era uma mulher desconhecida. Esbaforida, informou que estava com o meu marido. Em Buenos Aires. Num hospital. "Eu não sabia o que fazer, peguei seu número no celular dele e achei melhor avisar."
  Só consegui chegar lá no dia seguinte. Marcelo estava sedado. Os médicos explicaram que ele se recuperava bem. Não vi mulher por lá. Fiquei quase 24 horas naquele quarto, ouvindo o barulho da máquina que avisava que ele estava vivo e o coração batia em compasso normal. Olhei o Centro de Buenos

Aires pela janela e lembrei dos nossos dias lá, das caminhadas, dos restaurantes. Do tango. Marcelo com uma suéter azul-marinho e um chapéu de feltro cinza que comprou na primeira loja em que entramos. Marcelo falando de futebol com todos os garçons argentinos, o gestual auxiliando o portunhol ruim. Marcelo sorrindo, abraçado ao dono de uma loja de flores, depois de comprar as rosas mais lindas que já ganhei. Marcelo me enlaçando no salão, senhor de si. Marcelo, Marcelo, Marcelo.

Quando ele teve alta, eu já havia chorado tudo o que podia. Diante de sua agitação pra me dar explicações, pra se desculpar, não fiz qualquer escândalo — mas também não menti. Disse que queria a separação, mas que o importante era ele se recuperar. Eu também não queria, naquele momento, pensar em coisas práticas. Ele dormiu e eu continuei lá.

Olhei para o rosto dele deitado na cama. Peguei de leve em sua mão, mas acho que ele não notou. Ainda era ele, mas só assim, dormindo. Acordado, havia esquecido de nós, do nosso amor, da nossa cumplicidade, da nossa promessa silenciosa de desafiar o que era o destino de todo mundo. A gente havia acabado como todos acabam.

4

Quase todos os clientes que eu tive relataram um alívio pela separação. Estavam passando por problemas, iriam perder muito dinheiro, mas jamais se mostravam arrependidos. "Você nunca sabe quando o amor começa, mas sabe exatamente quando ele termina", me disse uma mulher recém-separada do marido. Aí estava a raiz da minha infelicidade. Não havia alívio e eu sabia que ainda amava a Mari. Mari. Nunca mais eu a chamei assim. Depois de um tempo de casados ela virou a Mariana. Agora, separados, voltou a ser a Mari.

Assim que voltei de Buenos Aires pensei em ir gritar "te amo" em algum lugar pra Mari ouvir, como eu já fizera. Da outra vez, porém, eu era inocente. Agora era culpado. O sentimento de culpa me acompanhava todos os dias. Culpa por não ter feito diferente, culpa por não ter percebido as necessidades dela, culpa por não tentar reverter a situação quando tudo desabou. Também me senti mesquinho por me preocupar tanto com o patrimônio em vez de tentar salvar meu casamento. No final, Mari se mostrou muito mais digna do que eu ao abrir mão de praticamente tudo, recusando-se até mesmo a ficar em nossa casa. Eu, que antes me preocupava tanto com os bens, tudo ofereci, mas ela nada quis. Resolvi continuar morando em nossa casa, na esperança de que um dia ela voltasse, e isso se mostrou um erro. Para qualquer lugar que eu olhasse, me lembrava dela. Mari sentada no sofá dando gargalhadas com minhas bobagens, preparando uma comidinha surpresa que tinha comprado depois da caminhada, acordando e andando, tontinha, pela casa. Mari abrindo um sorriso lindo toda vez que me via ("*nobody knows it, but you have a secret smile, and you use it only for me*", eu cantava para ela). Sim, ninguém sabia, mas Mari tinha um sorriso secreto que usava só para mim. Isso ficava ainda mais evidente nas fotos que eu tirava dela. Quando era eu que estava atrás da câmera, o sorriso dela era aberto, mostrando os dentinhos da frente separados. Se o fotógrafo era outro, o sorriso era menor, com uma contração no queixo que fazia aparecer mais os dentes de baixo.

    Tornei-me um tirano com as empregadas. Não admitia que nada estivesse fora do lugar. O vaso que Mari gostava tinha que estar ali, na posição que ela preferia, com as flores sempre-vivas como ela adorava ver. Recomprei filmes que ela levou, livros dos quais ela gostava, ouvi os CDs que ela sempre quis que eu ouvisse. Sentia falta de comentar com ela as minhas impressões sobre aquelas músicas. Me comportei como alguém que guarda o quarto do filho morto esperando a sua volta, o que evidentemente jamais aconteceria.

Mantê-la ali nos objetos era, porém, o que me restava. Depois do infarto fui aconselhado pelo médico a moderar o trabalho e não abusar da vida de solteiro. Decidi sair da empresa. Já não fazia mais sentido acumular tanto dinheiro, porque aquilo tudo não era pra mim, era pra ela, mas só depois eu percebi. Agora que ela não queria, não seria eu a querer. Vendi minhas cotas e passei a ser apenas consultor. Uma vida completamente precoce. Infarto, sucesso, casamento e separação tudo antes dos 40. É ridículo, mas aos 36 anos eu já estava começando a viver como um aposentado. Eu, que nunca tive tempo pra nada, agora tinha tempo demais.

Resolvi aprender a falar francês de verdade e um dia me peguei pensando que, quando voltássemos a Paris, iria me exibir pra Mari falando com fluência. Mas fiz só um mês de aulas. A língua me irritava, com o excesso de biquinhos e os sons guturais. Senti-me ridículo porque eu nunca falaria francês pra ela, tudo o que eu devia ter dito já não cabia mais. Me arrependi por ter falado tão poucos "eu te amo".

Só não sentia tristeza profunda nos dias em que Miguelzinho ia lá pra casa. Eu o buscava na escola e o garoto pulava ao me ver. Às vezes jantávamos na rua, no restaurante preferido do Miguel, que adorava comer nuggets com macarrão e arroz. Inútil explicar a ele que arroz e macarrão não combinam. "Por quê?", ele perguntava, desafiador, me fazendo pensar no quanto repetimos convenções sem questionar. Fazíamos os deveres de casa, assistíamos aos mesmos desenhos animados dezenas e dezenas de vezes, ao ponto de, no banho, repetirmos as frases de cor, com direito a uma dublagem tosca feita por mim, que Miguelzinho odiava, e me dava socos até que eu parasse. Na hora de dormir eu lia historinhas e ficávamos abraçados até ele adormecer. Esse foi o primeiro ponto positivo que vi na separação. Eu finalmente estava sendo pai do Miguel. Enquanto estive casado nunca dava tanta atenção a ele, nunca tínhamos uma convivência tão plena, talvez pelo fato de ele estar sempre por perto. Agora, que o via só três vezes por semana, todos os dias tinham que ser especiais. Impossível não pensar em que medida aquilo também acontecera entre mim e Mari. Em que momento passamos a agir com indiferença amparados no fato de o outro estar sempre por perto? Quando deixamos de preparar dias especiais?

Passados os primeiros seis meses da separação eu comecei a reagir. Voltei ao futebol com os amigos e ainda pensava na Mari, mas não com tanta insistência. Decidi mudar a decoração da casa pra eliminar os rastros e cogitei até mesmo me mudar. Desisti porque achei que Miguelzinho precisava de referências sólidas. Ele nunca perguntara nada sobre a separação, mas de vez em quando fingia-se de desentendido e perguntava se nós poderíamos chamar a mãe pra ir ao cinema conosco. Resolvi cuidar da saúde e comecei a fazer musculação leve, pra não sobrecarregar o coração. Voltei a prestar atenção nas mulheres. Só aí me dei conta de que, durante quase um ano, eu tinha virado um ser praticamente assexuado. Até então eu não sentia desejo, não me interessava por ninguém. Até que Mari foi saindo de foco. Eu já não me lembrava direito de como era ela fisicamente, por mais estranho que isso possa parecer. Nós nunca nos víamos. Eu pegava Miguelzinho na escola e lá o deixava no dia seguinte. Quando era preciso, nos falávamos por telefone, mas somente assuntos práticos relativos ao garoto. Não era raro a conversa terminar com um silêncio constrangedor depois que tudo estava resolvido. Eu sondava o Miguelzinho pra saber se Mari já estava namorando, perguntava se ele tinha conhecido algum tio. A insistência era tanta que o garoto começou a ficar ansioso. Até que ele é que passou a me perguntar quando é que ele conheceria o tal tio.

Começaram a surgir os inevitáveis colegas que sempre têm uma mulher interessante pra te apresentar, geralmente uma mulher problemática que está encalhada e que precisa de amigos pra conseguir um homem. Recusei polidamente todas as tentativas deles, do goleiro ao centroavante do time. Fiz uma lista de pré-requisitos pra uma futura namorada: devia ter filhos também, não ser separada há pouco tempo para não ter problemas com o ex-marido, não podia ser muito mais nova nem muito mais velha que eu, tinha que gostar de futebol etc. etc. etc. A lista era tão grande que hoje percebo que o único objetivo era impedir que aparecesse alguém. Jamais existiria uma pessoa que preenchesse todas as minhas expectativas. Já é difícil acontecer isso uma vez na vida; duas, então, impossível.

Eu estava começando a me sentir bem sozinho. Faltava algo, sim, mas só de não me incomodar comigo mesmo já era um avanço. Retrocedi quando li um livro que Mariana escreveu sobre casais, nos quais analisava as fases do casamento. Nas entrelinhas eu reconhecia mágoas que ela guardava de mim e pensei em ligar para ela e lhe dar um esporro por nos expor daquele jeito. Senti-me ridículo pouco tempo depois quando, de sangue menos quente, admiti que aquelas histórias eram comuns a todos os casais. Entristeci ao perceber que caímos na vala comum e me lembrei da volta de Paris, quando encostei a cabeça em seu ombro no avião e prometi que seríamos diferentes. Não, fôramos iguais. Tão iguais que, misturados a outras histórias, éramos irreconhecíveis.

O episódio do livro me provocou uma recaída que durou até o dia em que levei Miguelzinho à festa de aniversário de uma coleguinha do colégio. Eu nunca tinha ido a um evento desses — sempre deixara a tarefa pra Mari, eu estava ocupado demais pra isso — e era um completo desconhecido dos outros pais. Foi lá que conheci a Luíza, também separada, mãe do melhor amigo de Miguel, o Thiaguinho. Não demorou e começamos a fazer programas juntos, com a desculpa de os garotos terem companhia. Num aniversário do Miguelzinho, convidei-a pra viajar conosco e levar o Thiago — todo ano eu levava pelo menos um coleguinha, mas nunca com os pais. Fomos à Disney e, durante os sete dias em que estivemos sob o infernal calor de Orlando, pensei na Mari algumas vezes. Levar Miguelzinho a Disney juntos era um plano antigo que tinha ficado pra trás. Voltar a Paris também. Voltamos, sim, a Buenos Aires, onde nunca tínhamos planejado retornar, e onde eu jurei que jamais poria os pés novamente. Luíza percebeu minha melancolia e perguntou se estava tudo bem. Enquanto os garotos brincavam nas fontes de água do parque, chorei todas as minhas mágoas. Ela também falou de sua separação, de como tudo no começo era ótimo, de como o marido foi ficando distante, trabalhando demais, se afastando dela, das suas necessidades, etc. etc. etc. O roteirista que escreve os casamentos não tem muita imaginação. Enquanto ouvia as queixas de Luíza comecei a ficar com pena dela, com pena de Mari e, sem muitos rodeios, lhe dei um beijo. Ela ficou surpresa, mas correspondeu carinhosamente. Morri de rir quando Thiaguinho nos pegou em flagrante e disse: "Mãe, esse era o tio que você disse que eu ia conhecer? Mas eu já conheço ele, é o pai do Miguel." Luíza e eu passamos a semana como namoradinhos do interior, com muitos beijos, passeios de mãos dadas nos shoppings e parques — mas sem sexo. Estávamos em quartos separados e fomos pro mesmo aposento, mas continuamos a dormir cada um na sua cama com os garotos.

Enquanto estávamos nos Estados Unidos o namoro foi bem, mas na volta eu comecei a pensar em Mari novamente. Era inevitável fazer comparações entre as duas. Luíza não ligava a mínima de viver da pensão do ex-marido, usava o garoto pra tirar vantagens do pai e tentava fazer com que eu me metesse em suas brigas. Rompi com ela e comecei um longo período no qual fui franco-atirador, pronto para comer qualquer mulher que aparecesse na minha frente, como se estivesse tentando recuperar o tempo perdido. Foi uma fase de falsa alegria, que acabava no dia seguinte da trepada e começava de novo quando uma nova conquista aparecia. Comer mulheres virou praticamente uma obsessão, e tive minha crise dos 40, com predileção por garotas de metade da minha idade. Aumentei o ritmo da malhação, fiquei mais forte e passei a me vestir como um garotão. Para todos os efeitos e visto de longe, eu estava feliz.

Nesta época, encontrei a Mari seguidas vezes, durante um campeonato de futebol do Miguelzinho. Instintivamente, olhei para os peitos. Estavam bem, muito bem. Teria colocado silicone? Não sentamos juntos, mas nos cumprimentamos civilizadamente. De vez em quando eu a olhava, tomando cuidado pra que ela não me visse. Continuava bonita, tinha o mesmo sorriso, mas ele não era mais meu. À noite, em casa, comecei a ficar mal novamente e liguei pra comidinha do dia pra desmarcar o programa. Me dei conta do quão ridículo eu vinha sendo nos últimos meses, tentando provar a mim mesmo que eu era o grande comilão, o fodão do Bairro Peixoto.

Depois dessa fase tive uma ou outra namorada, relacionamentos curtos de não mais que meses. Eu sempre encontrava problemas nas mulheres e, quando não via nada de errado, acreditava que estavam me escondendo alguma coisa — ou simplesmente enjoava. A verdade é que não estava interessado em relacionamentos mais profundos, apenas em companhia para um bom jantar com esticadinha para um motel. Nunca apresentei outra mulher ao Miguelzinho e preservava o nosso tempo juntos sem uma terceira pessoa pra dividir atenções.

Quando Miguelzinho fez 8 anos eu e Mariana fizemos uma festa juntos pra ele, num clube. A perspectiva de passar horas no mesmo ambiente que ela me deixou um tanto perturbado. Ao mesmo tempo eu achava que, pro bem do Miguel, era melhor que eu e Mari nos déssemos bem e quem sabe até um dia pudéssemos sair juntos pra comer uma pizza. Ele já comentara comigo que tinha um amigo que também morava "em duas casas", mas que de vez em quando os pais saíam juntos. Por isso resolvi puxar conversa e, pra tentar quebrar o gelo, comentei sobre nosso único assunto em comum, o Miguel. Chamei a atenção dela pro fato de o garoto já estar de mãos dadas com uma menina. Mari foi lacônica, escorregadia. Disse que precisava dar atenção aos convidados que estavam indo embora. Cometi então o erro de forçar uma aproximação, segurando seu braço e dizendo que não tinha ninguém indo embora. Ela me perguntou o que eu queria conversar, mas a frieza do seu olhar me fez compreender que o que houvera entre nós estava definitivamente enterrado.

Eu só a reencontraria quase um ano depois, num dia tão triste quanto surpreendente.

5

O mundo de hoje tem as portas abertas para uma mulher de 34 anos, independente, bonita e separada. Claro que eu tinha o Miguelzinho. Mas a cada 15 dias ele passava os fins de semana com o pai, além de mais uma noite durante a semana. Os primeiros tempos foram de grandes descobertas. De certa forma, foi como se de repente minha vida voltasse àquele dia na praia, quando reencontrei o Marcelo. A liberdade, a vida pela frente, a vontade de arriscar — mas com uma vantagem: a experiência.

Claro que as mulheres da minha idade gostam de colocar a experiência pra cima, já que peitos e bunda começam o inexorável caminho para baixo. Mas até nisso dei um jeito. Emagreci os cinco quilos que os biscoitos da angústia me impediam de perder nos tempos de casada, entrei para uma academia, deixei os cabelos crescerem de novo e fiz luzes discretas no cabelo. O resultado foi, modéstia à parte, excelente. Nas primeiras investidas na noite, acompanhada das amigas do cafofo de Copacabana, não houve homem — dos 20 aos 50 —

que não parasse pra me ver. Sempre achei o olhar masculino, aquele da cabeça aos pés e língua quase de fora, de uma canastrice infinita. Mas agora me traziam de volta à vida. Só isso mesmo para levantar a auto-estima de uma mulher traída como eu.

Simone era gerente de um salão de cabeleireiros chiquérrimo. Rebeca tentava ser cantora, e fazia um circuito de bares da zona sul que lhe garantia o aluguel. Ainda moravam em Copacabana e jamais haviam casado. Eram parte de uma horda de mulheres entre 30 e 40 anos que sonham com um amor, um casamento, uma casa, filhos — mas que nem por isso deixam de aproveitar a vida. Companhia melhor para mim, impossível!

Conheci boa parte dos bares bacanas da cidade, voltei a gostar de dançar e reaprendi a paquerar. Mas nunca consegui me interessar de verdade por ninguém. Cheguei a dar uns beijos em fins de noite e transei com um garoto dez anos mais novo do que eu numa festa muito louca na casa de um amigo da Rebeca. Coisa rápida, num quarto escuro, os dois bêbados. Sequer lembro da cara do sujeito. Engraçado como o sexo não tem, na verdade, nada a ver com intimidade. Um olhar pode ser mais cúmplice e profundo do que uma trepada casual. Mas naquele dia gozei e foi bom. A verdade é que eu não estava tão interessada em sexo como antes. A atração que eu sentia era pelo jogo, pela sedução, por olhares de gente diferente, sensações gostosas. Eu estava apaixonada por mim de novo. Mariana, uma das beldades da escola, musa *de metade dos caras da faculdade. Agora versão 2.0! Quer dizer, 3.4! Simone morria de rir quando eu falava isso.*

Nem sempre estive tão bem assim. Nos primeiros meses, eu vivia de cara inchada, disfarçando as lágrimas em todo lugar. Em casa, no supermercado, na casa dos meus pais, na porta da escola do Miguelzinho. Além de triste, eu tinha medo das reações do Marcelo. Ele não tinha ficado nada bem. Nossas últimas palavras foram muito frias e relativas a questões práticas: quem ficaria no primeiro fim de semana com o nosso filho, e quando ele mandaria alguém levar meus livros, filmes e discos. Marcelo estava trêmulo, abatido, muito por causa do infarto. Eu bancava a durona. Uma semana depois de eu sair de casa, seu Miguel me procurou. Veio ao Rio passar uns dias com o filho e esperava que eu não me importasse de ele estar querendo conversar comigo. Tentei ser carinhosa, mas não arredei o pé da minha decisão. "Meu filho está sofrendo demais", foi a última coisa que ele me disse. Respondi apenas que eu também, e encerrei o assunto.

No começo, eu tinha medo de a qualquer momento estar em casa, tranquila, e começar a ouvir a voz do Marcelo berrando meu nome na rua, gritando "eu te amo", como fizera uma vez. Se ele estava desesperado como diziam, talvez fizesse isso. Eu não saberia como reagir. Aos poucos, tenho que admitir, esse temor se transformou no desejo de que isso aconteces-

se. No desejo de que a vida fosse como nos filmes, o amor vencendo tudo, um acontecimento especial apagando tudo de ruim que ocorreu antes. Talvez isso não fosse coisa só dos filmes — afinal, nós já havíamos vivido momentos assim. Mas ele não apareceu, não gritou, não fez nada. Então minha vida virou um enorme silêncio.

Eu estava feia, maltratada, apagada. Um dia olhei-me no espelho e tive muito ódio. A raiva e o orgulho me fizeram ir à vida. Aos poucos começaram as festas, a animação, a busca do riso. Com Simone e Rebeca, me permiti ser irresponsável muitas vezes. Saía, voltava tarde pra casa depois de beber, tomei bolinhas que nem eu mesma sei o que eram. Vomitei em alguns banheiros por aí e tive ressacas homéricas. Nem adolescente eu havia sido tão doidinha.

Mas isso tudo, claro, era o meu lado B. O lado A continuava o mesmo. Consultório, pacientes, dedicação. Uma de minhas pacientes, gerente de uma editora, convidou-me para escrever um livro sobre o trabalho com casais. Foi uma surpresa, eu nunca havia pensado naquilo. Ela, que era ficcionista, sugeriu que escrevêssemos a quatro mãos. Ela construiria a história de um casal em crise e eu entraria com a análise técnica de cada fase — como se eu fosse a terapeuta dos dois. Foi doloroso, em muitos momentos. A trama guardava muitas semelhanças com meu casamento. Mas, afinal, as histórias não são sempre muito parecidas? No fim, o resultado foi muito bom. O livro foi elogiado e teve três edições. Dei algumas entrevistas bacanas para jornais e uma para a televisão. Isso tudo me fez muito bem.

Miguelzinho não sofreu tanto com a separação. Ao menos foi o que me pareceu. Talvez, por defesa, eu não tenha registrado algum problema ou tristeza. Mas de fato ele parecia muito feliz. Adorava futebol cada vez mais, e era Fluminense, como o pai. Jogava bola três vezes por semana no clube e, perto de completar 7 anos, andava eufórico. Com essa idade, ia poder participar do campeonato dente-de-leite. Nesses dias, pediu para ficar na casa do pai em vários fins de semana em que deveria estar lá em casa. Fiquei chateada, a princípio, mas depois disse que tudo bem. Eu sentia que ele gostava de estar com o pai. Parecia que voltava pra casa diferente, mais maduro. Muitas vezes eu tentava imaginar como eram os dois juntos, sobre o que conversavam, o que faziam. Miguel falava pouco sobre o que acontecia lá. E eu nunca perguntei.

Mas acho que do lado de lá não era bem assim. Um dia, na hora de dormir, Miguel me perguntou quando é que ele ia conhecer o "tio". Que tio? Ele não respondeu, mas alguns dias depois, quando fomos a Petrópolis com meus pais, quis saber se o "tio" também iria. Pressionei sobre que história era aquela, ele respondeu: "Sei lá, foi o papai que falou!" Meus pais riram e fiquei um pouco desconcertada. Eu não conseguia falar com leveza sobre nada que envolvesse o Marcelo. Tive uma semana de profunda depressão quando soube que ele levaria o Miguel à Disney. Fiquei ainda pior quando soube que ele havia levado a mãe de um colega do Miguel, a Luíza. Sem graça, perua e exploradora de mari-

dos, essa era a namorada que o Marcelo tinha arrumado? Cada um tem a mulher que merece!

Conto nos dedos as vezes em que vi o Marcelo depois que nos separamos. Eu levo o Miguelzinho na escola, ele busca nos dias dele, leva no dia seguinte, e eu busco. Ele continuou morando na Barra, eu voltei pra cobertura de Ipanema, dos primeiros tempos, então, não havia chance de nos cruzarmos pelas ruas. No começo pensei que seria ruim ficar no apartamento em que moramos naquele primeiro ano — feliz — de casados. Mas já fazia tanto tempo e, com móveis novos, é como se eu estivesse em outro lugar.

Engraçado que eu apaguei da minha memória grande parte dos meus anos de casada. Já não lembrava mais o que fazíamos, sobre o que falávamos, os períodos se misturavam. Em compensação, os tempos de namoro invadiam a minha mente de forma muito clara — e freqüentemente eu também sonhava com o Marcelo. Às vezes devaneios loucos, às vezes momentos que realmente aconteceram. Sonho muito que estamos trepando. Acordo louca de madrugada e não durmo de novo se não gozar. Mas durante o tempo acordada não penso nele tanto assim e nem tenho qualquer desejo secreto de fazer sexo com ele de novo.

Resolvi fazer terapia com um psicólogo amigo da Valéria, minha sócia. Quando contei dos sonhos pra ele e de como não os levo em conta, ele me disse que eu deveria prestar mais atenção aos meus sentimentos e desejos íntimos. Antes que ele começasse a tentar me convencer de que ainda tenho sentimentos mal resolvidos pelo Marcelo, decidi parar com as *sessões. Como psicóloga, sei que é uma atitude infantil. Fuga. Mas minha vida está tranqüila demais pra eu aceitar que me coloquem minhocas na cabeça.*

Durante o campeonato de futebol do clube, vi o Marcelo mais do que em todos os primeiros dois anos inteiros separados. Foram três fins de semana seguidos de competição, já que o time do Miguelzinho foi para a final. Trocamos um oi, mas não sentamos juntos na arquibancada. Ao fim de cada jogo, ficávamos com nosso filho no bar do clube, enquanto ele tomava uma Coca com os amigos. Eu procurava engatar um assunto com as mães dos outros meninos, enquanto o Marcelo era a alegria da garotada, relembrando momentos da vitória, fazendo graça, imitando as caras dos meninos adversários. Ele parecia bem. "Seu ex-marido é o ídolo dos garotos", me disse a mãe com quem eu falava. Pois é.

Foram poucas as vezes que consegui olhar para o rosto dele sem ser notada. Parecia mais magro e estava com a barba por fazer, coisa que antes raramente acontecia. Eu sabia que ele tinha mudado de vida, estava com um trabalho mais leve. Miguel disse uma vez que o pai esquecera o celular na academia. Então ele estava se cuidando. Enquanto eu pensava isso, nossos olhares se cruzaram. Achei que ele também me olhava. Quem sabe meu decote ainda tenha o mesmo efeito sobre ele? Ou talvez fosse tudo apenas impressão minha.

Quando Miguel fez 8 anos, pediu uma festa no clube. Até então os aniversários haviam sido tranqüilos. Eu organi-

zava uma festa na escola e o Marcelo, no fim de semana seguinte, levava o filho e mais dois ou três amigos para uma viagem. Naquele ano ele queria diferente. Eu e Marcelo raramente nos falávamos pelo telefone, quase sempre quando o Miguel tinha algum problema — ou seja, quase nunca, porque o menino era comportado, bom aluno e quase nunca ficava doente. Eu topei a festa e ele logo me informou que o pai também tinha concordado. Organizei tudo e mandei um e-mail para o Marcelo, pedindo que ele providenciasse algumas coisas e sugerindo que rachássemos as despesas. Ele, claro, respondeu que pagaria tudo. Não discuti. Para ele, pagar era uma questão de honra.

A festa foi boa, teve animação, futebol na quadra e até dança da criançada. Muitos já agiam como pré-adolescentes. Miguel dizia que tinha uma namoradinha, a Gabi, da turma dele da escola. Pois não é que dançou com a menina e ficou de mãos dadas na hora do parabéns? Marcelo e eu, como sempre, nos cumprimentamos no início da festa e depois fomos cada um para um lado. Vi meu pai conversando animadamente com ele. Imaginei que fosse sobre futebol. E lembrei do dia em que Marcelo foi comigo à festa do meu tio e conheceu toda a família. Eu já lembrava da trepada no elevador quando senti uma mão no meu ombro. Uma descarga elétrica passou por todo o meu corpo quando vi que era ele. Devo ter ficado vermelha e não me perdoei por isso. Como é que ele foi falar comigo justamente quando estávamos transando no elevador??

"Já viu o Miguel de mãos dadas com essa menina? Que figurinha..." Concordei e logo ficamos sem assunto. Eu disse que a festa estava muito legal, ele disse que deveríamos fazer mais aniversários assim pra ele. Respondi que eu faria a comemoração que meu filho desejasse. O assunto morreu de novo e inventei: "Tem algumas pessoas indo embora, vou lá me despedir." Ele segurou meu braço. "Não há ninguém indo embora, Mariana. Você não pode ficar e conversar um pouco comigo?" Olhei pra ele do jeito mais frio que eu consegui e ele soltou o meu braço. Perguntei sobre o que ele queria falar comigo. Marcelo ficou calado e, por um instante, nos olhamos profundamente, como não fazíamos havia quase quatro anos. Então ele deu um sorriso sem graça e disse. "Tudo bem, pode ir." Saí dali e fui ao banheiro passar uma água no rosto. Será possível que depois desse tempo todo o Marcelo ainda me abale desse jeito??

Durante o ano seguinte, procurei falar com ele menos ainda. Usei um expediente que sempre critiquei, de mandar alguns recados pelo Miguel. Também não era nada demais, meu filho já ia fazer 9 anos. Dessa vez quis o aniversário junto com dois amigos do mesmo mês. Mas seria na casa de um dos meninos, com os pais apenas levando e buscando. Ótimo, mas às vésperas da festa, Miguel me telefonou da casa do pai, num domingo. "Mamãe, o vovô Miguel morreu!" Ele estava com a empregada da casa. Marcelo havia ido pro aeroporto, pegar o primeiro vôo pra Belo Horizonte.

Seu Miguel morreu de infarto. Coração, pelo visto, era um problema de família. Marcelo fez questão que ele fosse enterrado no Rio, ao lado da mãe. Depois de mortos, eles não poderiam mais se separar. Pensei mil vezes se deveria ir ao enterro. Estar com o Miguelzinho seria uma ótima desculpa. O menino estava triste. Era um avô querido, apesar de estar sempre longe. Faltando uma hora, Miguel me pediu pra ir à casa de um amigo, ali perto. Pedi que Juraci o levasse e resolvi ir ao cemitério.

O velório estava no fim, já na parte das rezas. Vi Marcelo perto do caixão. Ele só me viu depois de alguns minutos. Depois de me certificar de que ele não estava com nenhuma namorada — ao menos por perto —, fui até ele. Imaginei que trocaríamos algumas palavras, talvez um leve toque de mãos. Mas, para minha surpresa, ele me abraçou muito forte. E começou a chorar. Ficamos assim por uns cinco minutos e foi impossível não chorar também. Quando o abraço terminou, por conta do caixão estar sendo fechado, ainda assim ele continuou chorando. E não largou mais a minha mão. Durante todo o cortejo ficamos assim, mãos apertadas, como se nunca tivéssemos deixado de ser um casal.

Esperei que o Marcelo se despedisse dos parentes e amigos — o que ele fez também sem largar a minha mão, como se eu pudesse fugir a qualquer momento — e saímos dali juntos. Fomos em silêncio pelo caminho. Passou por Ipanema, passou pelo Leblon. Não perguntei aonde iríamos. Ele pegou a aveni-

da Niemeyer e entrou no motel Vip's. Pediu a suíte japonesa. A esta altura eu já não conseguia esconder o meu sorriso. Então trepamos, no dia do enterro do pai dele, por horas seguidas, no mesmo lugar onde tudo começou. A nossa cara.

6

Uma das coisas mais deliciosas do meu dia é levar café na cama pro Marcelo. Não custa nada, acordo 15 minutos mais cedo, o tempo de torrar dois pães e um café com leite, juntar o jornal e então acordá-lo com tudo na mesinha. Ele dá um sorriso lindo e ficamos mais um pouco na cama antes de a rotina da casa começar.

Pequenas coisas que eu nunca pensei em fazer na primeira fase do nosso casamento. Havia dias em que eu me sentia uma gueixa japonesa, querendo servir, cama e mesa, ao meu senhor. Uma delícia. Eu nunca havia me sentido tão mulher e tão feliz. Acho que, mais jovem, eu tinha medo de ser submissa, rezava a cartilha de um feminismo capenga que eu mesma tinha formado na minha cabeça, e que não me permitia uma entrega de verdade.

Estou tão feliz que rio dos contratempos do dia, ansiando por chegar a noite e contá-los ao Marcelo. Ouvi-lo falar do trabalho, jantarmos com nosso filho, cada vez mais lindo e satisfeito também nessa inesperada nova vida, todos juntos pelo verdadeiro desejo de estar juntos. Ver Marcelo e Mi-

guelzinho de perto, agora sabendo sobre o que conversam, como se abraçam, do que brincam, do que riem, é maravilhoso. Voltamos a viver todos na casa da Barra e compramos uma parte do terreno da casa ao lado, onde Marcelo mandou fazer um gramado, para o futebol. Eu adorava ver os dois batendo bola e não raro dava uma de goleira. Admito: passei a gostar de futebol. Primeiro pelo simples motivo de ser o esporte preferido das duas pessoas que eu mais amo. Depois, sem defesas, passei a apreciar bons jogos, e até a emitir algumas opiniões.

Nos fins de semana, os amigos do Miguel aparecem e aí a pelada corre solta. Marcelo brinca com os meninos como se fosse um deles. Às vezes se empolga tanto que temo que tenha de novo qualquer coisa no coração.

Todo casal deveria se separar pelo menos uma vez para fazer um balanço e consertar o que está errado. O meu casamento com a Mari hoje está melhor do que na primeira fase. Não somos mais tão jovens e inexperientes, sabemos quais são as nossas falhas e trabalhamos para fazer melhor. Temos uma vantagem sobre os casais comuns: sabemos a falta que o outro faz e estamos dispostos a tudo para não perder novamente. A Mari segue isso à risca. De vez em quando me acordava com café-da-manhã na cama. Sim, de vez em quando, para ser sempre especial e inesperado. Não era difícil esse cafezinho acabar em trepadinha matinal, as preferidas dela. Eu tinha mais tempo livre, cuidava mais do Miguel, estava conseguindo ser o pai que sempre sonhei. Havia uma intimidade entre nós que não existiria se não fosse o período em que convivemos sozinhos, sem a interferência da mãe. Agora nós dois tínhamos espaço com nosso filho.

    Mari preenchera uma lacuna em sua vida e estava crescendo profissionalmente. Abriu um consultório só seu para ter mais espaço na agenda. Era tão procurada que havia gente esperando desistência de clientes antigos. Como eu tinha tempo livre, praticamente todos os dias passava lá para almoçar com ela, às vezes na própria sala, quando as consultas atrasavam; às vezes em restaurantes na vizinhança; outras vezes num motelzinho ali perto quando algum cliente desmarcava sua hora. Ríamos da "aberração" de estarmos num motel em horário de almoço, como os amantes fazem. Mas eram momentos em que relaxávamos totalmente, sem risco de o Miguel entrar no quarto a qualquer momento ou chamar a mãe. Ou o pai — agora ele também me chamava de madrugada. O sucesso profissional deu a Mari mais segurança, e isso a tornava uma mulher mais interessante, sem preocupações excessivas com o futuro ou com o fato de estar à minha sombra. Eu continuava prestando consultoria para o escritório, mas vivia mesmo da renda de aplicações financeiras.

    Acumulávamos mais dinheiro do que poderíamos gastar porque Mari também estava ganhando muito bem. Não era raro ela chegar em casa trazendo pequenos presentinhos para mim. Agora era ela quem engordava a minha coleção de camisas de time de futebol. "Sabia que o Barcelona trocou de camisa?", perguntava, sempre atenta às vitrines das lojas onde eu comprava. Também me trazia charutos, sapatos, gravatas. Eu já não me lembrava mais qual tinha sido a última vez que entrara numa loja para comprar roupas: Mari passou a me vestir e sentia mais prazer em comprar coisas para mim do que para ela.

Fizemos pequenas viagens de fim de semana, com o time completo (eu, ela e Miguelzinho) ou só nos dois, deixando o menino com os avós. Sozinhos, fazíamos os hotéis da serra tremer. O expediente era o mesmo: pegávamos a estrada bem cedo e saíamos sem reserva em hotéis. Com a desculpa de conhecer o quarto, testávamos a cama. Se fosse do nosso gosto, ficávamos lá. Praticamente não saíamos do quarto. Parecíamos dois bichos no cio: o dia inteiro trepando, só deixando a caverna para comer. A vida era tão boa que às vezes me batia a paranóia de que a qualquer momento algo terrível ia acontecer. Ninguém podia ser tão feliz assim impunemente.

Eu nunca havia visto o Marcelo tão genuinamente interessado nas minhas coisas. Quando eu comentei que ter metade do tempo do consultório não estava sendo suficiente pra todos os pacientes que me procuravam, ele foi o primeiro a me convencer de ter um espaço só pra mim. Conversei com a Valéria, que tinha sido uma sócia e tanto nesses anos todos, e ela me deu força. Disse que eu havia me transformado numa profissional maravilhosa, que não era à toa aquela demanda toda pelas minhas sessões.

Marcelo foi incansável na procura por uma nova sala pra mim. Telefonava, discutia preço, olhou até alguns móveis sem mim. Num outro tempo eu não ia gostar nada disso, encarava como interferência, como uma forma de ele me controlar. Agora eu sabia que era só amor. Ele acabou achando um lugar fantástico, um ponto perfeito entre Ipanema e o Leblon. Os horários lotaram em poucas semanas, mas resolvi dar a mim mesma um limite. Além de gostar de levar e buscar o Miguel na escola quase todos os dias, Marcelo agora passava boa parte do tempo trabalhando em casa, e eu adorava nossas tardes especiais. Era nesses momentos só nossos que falávamos da vida, do passado, do nosso, do meu e do dele, dos tempos em que nem sonhávamos nos conhecer. Senti que ele gostava cada vez mais de falar dos pais e da infância. Uma vez chorou lembrando da mãe, queria que eu a tivesse conhecido. Cismou que éramos parecidas. "Agridoces", definiu. "Capazes das atitudes mais lindas e também de uma acidez atroz." Rimos. Ele tinha razão.

O aniversário de 11 anos do Miguel foi um dos acontecimentos mais emocionantes de nossas vidas. Já tinha um tempo em que ele cismara em ter uma banda. Aprendia violão desde os 9, primeiro por pressão minha, confesso que sonhava que meu filho aprendesse um instrumento musical, coisa que eu nunca fiz. Depois tomou gosto pela coisa, se interessou por todo tipo de música. Vivia querendo escutar meus CDs, os do pai, queria saber nossas canções preferidas. Adorava rock, MPB, samba, tinha uma memória impressionante pra aprender tudo.

Pois na festa nos armou uma surpresa, tendo meus pais como cúmplices. Depois do Parabéns, chamou os amigos e montou no salão do clube um pequeno palco. *Ele cantava e arranhava o violão, um colega na bateria, outro num teclado e o irmão mais velho de uma colega tocava um violão "de verdade", dando base a todo o resto. Tocaram algumas canções da moda, pro delírio da garotada. Depois Miguel anunciou que queria dedicar uma canção para os "queridos pais". Ficamos curiosos pelo que viria. Foi com surpresa que ouvimos ele cantar — lindamente, e juro que não é coisa de mãe — a canção do Flávio Venturini que o Marcelo recitou em nosso casamento. Eu não poderia ser mais feliz.*

Naquela noite abracei Mari na hora de dormir e achei pouco. Eu queria que fôssemos um só. Quando tudo parece estar perfeito, é hora de voltar a Paris.

Quando Marcelo apareceu com as passagens eu não acreditei. Em duas semanas estaríamos lá. Uma deliciosa expectativa. Quanto mais o dia da viagem ia chegando, o sexo ia ficando mais quente. Incrível que estivesse ainda melhor! Nossa forma de trepar foi mudando. Sempre gostamos de falar durante o sexo, mas agora o repertório estava diferente. Parecia que nos soltávamos mais, nos pegávamos com mais vigor. Às vésperas da viagem comprei um vibrador e uma fantasia de enfermeira. Foi uma delícia. Reparei que passávamos o dia nos provocando, de sarro pelos cantos quando o Miguel estava em casa — como se fôssemos adolescentes escondidos dos pais. Mais do que tudo, ríamos o tempo todo. Tudo era divertido. Miguel estava feliz com o novo clima da casa. E também com a idéia de passar 15 dias nas mordomias da casa dos meus pais...

Na véspera de viajar, recebi o e-mail de minha antiga editora, me pedindo um novo trabalho. Desta vez um livro só meu. A sugestão dela é que eu escrevesse um livro sobre como é difícil a sintonia entre as pessoas, sobre como muitas vezes pensamos e sentimos de um jeito, mas falamos e agimos de forma diferente. E de como quem está ao nosso lado faz o mesmo, tornando a comunicação difícil e a convivência muitas vezes impossível. Achei a idéia interessante, porque, como terapeuta de casais, era justamente isso que eu via todos os dias. Aceitei de cara. Eu teria nove meses para entregar os originais. Então Paris, aqui vamos nós!

A melhor coisa de ir de novo a uma cidade que você já visitou antes é não ter mais a obrigação de cumprir o roteiro oficial. Já conhecíamos Paris, não havia mais aquela ansiedade de ver tudo. Tínhamos tempo e disposição para caminhadas tranqüilas. Nos permitíamos ocupar uma tarde inteira com programas despretensiosos como tomar um sorvete na Île de la Cité e caminhar de volta até o hotel, olhando obras de artistas de rua. Comparo essa situação ao sexo entre nós. Já não tínhamos mais aquela sofreguidão inicial, aquela pressa, e isso deixava as coisas cada vez melhores. Eu já sabia do que ela gostava e vice-versa. Tínhamos um encaixe perfeito — não sobrava nem faltava nada; e o timing era excelente.

Paris continuava Paris, mas nós dois éramos diferentes. Na primeira viagem, nossa vida estava começando, havia um romantismo, uma esperança de que tudo fosse perfeito, ao mesmo tempo que um medo de que as coisas dessem errado. Agora, percebo que não existe perfeição alguma e que mesmo o que dá errado pode ser consertado um dia. Ou não. A gente tinha chegado lá, nosso casamento estava melhor do que antes e as preocupações com o futuro não existiam. Mais ou menos como ir a Paris pela segunda vez e jogar fora as obrigações de visitar os pontos turísticos famosos. Todo dia a gente acordava e, ainda na cama, decidia aonde ir. Sem compromissos, horários, uma delícia. Tanto que no quinto dia por lá, resolvemos que o melhor lugar pra ficar era a cama! Acordamos, tomamos café e, enquanto olhávamos o guia pensando na aventura do dia, bateu uma vontade de trepar. Da vontade de trepar, veio a vontade de dormir um pouco mais. Acabamos pedindo almoço no quarto e ficando o dia inteiro nesse ciclo. Se eu contar um dia, ninguém vai acreditar: nós dois em Paris, casados há um tempão e tudo que queríamos era trepar no hotel. Será que somos doentes?

Em Paris, a coisa foi ficando cada vez mais quente. Mari gostava que eu a pegasse com força, com puxões de cabelo e tapas na bunda. Muitas vezes ficava com as marcas da minha mão na pele. Passamos a nos orgulhar dessas marcas, do roxo da pele, dos arranhões nas costas. Freqüentemente, durante o sexo, fantasiávamos com mulheres, homens e outros casais. Fora da cama jamais tocamos nesse assunto.

No início da segunda semana de viagem almoçamos num restaurante delicioso em Montmartre. Mal sentamos, notei que o homem da mesa ao lado não tirava os olhos da Mari. Não era algo incomum: onde chegava, ela virava o centro dos olhares masculinos e femininos. Agora, madura, tinha ficado ainda mais sensual. Em Paris estava linda. Eu brincava que ela estava "bem comida". Ela perguntou o que estava me incomodando. "O cara ali está vendo que você está acompanhada, mas não tira o olho." Mari discretamente avaliou o casal e devolveu, brincando. "Ué, olha pra mulher dele também!" Rimos e fizemos os pedidos.

Claro que o Marcelo não ficou olhando deliberadamente pra mulher do cara. Mas vi que várias vezes avaliou a moça, em especial quando ela levantou pra ir ao banheiro e passou por trás de mim. O homem também não era feio. Pinta de francês, uns 40 e poucos anos, daqueles que parece que usam blazer até pra dormir. Sorriso bonito. Ela era mais nova, uns 30, no máximo. Morena, magra como as francesas, mas bunduda e peituda. De rosto, parecia a Anouk Aimée, atriz francesa de um filme que a minha mãe adorava. Muito bonita mesmo. Não à toa o Marcelo ficou discretamente avaliando o material... Eu estava tentando imaginar o que faziam da vida quando o homem se aproximou de nós. Num português sofrível, perguntou se éramos brasileiros. Diante da afirmativa, contou que morara no Rio por 11 meses, dois anos antes. Sem muita cerimônia, sugeriu que nos juntássemos a eles pra sobremesa. Olhei pro Marcelo, que olhou pra mim.

Incrível a cara-de-pau desse sujeito. Fica olhando pra minha mulher e depois vem aqui cheio de sorrisos, com esse português que ninguém entende, convidando pra sentarmos com eles. Eu já ia mandar tomar no cu em bom português, mas vi que a Mari estava sendo solícita e simpática. Ela é assim, adora conhecer gente, conversar com todo mundo, "entender a cabeça das pessoas", como costuma dizer. Como eu não estou aqui para cortar a onda de ninguém, resolvi aceitar o convite. Além disso, eu meio que devia alguma coisa ao sujeito porque, com a desculpa de me vingar de seus olhares pra minha mulher, eu também estava sacando a mulher dele, uma morena que em outros tempos eu não dispensaria. Já na mesma mesa, conversamos banalidades, todo mundo falando em inglês. Nosso francês era péssimo, o português deles não ajudava, mas conseguimos nos entender. Luc e Sophia eram casados há cinco anos, pareciam bem apaixonados e tinham um comportamento meio latino, apesar de franceses. Se agarravam bastante e eu cheguei a desconfiar que eram exibicionistas.

Ele era engenheiro, percorria o mundo com a empresa, e ela dava aulas numa escola de ensino médio. Não tinham planos de ter filhos e queriam "aproveitar a vida", segundo suas palavras. Notei em mais de um momento que ele bolinava a mulher por baixo da mesa e tive uma ereção. Ao mesmo tempo, o cara não tirava os olhos da Mari. Depois que pedimos a conta, as duas foram ao banheiro e eu fiquei sozinho com ele, ambos um pouco constrangidos com a situação. Em seguida começou a falar sobre lugares que fugiam ao roteiro tradicional de Paris. Para me deixar sem jeito, quando as duas estavam voltando do banheiro, disse: "A Sophia é linda, né? Não tem um homem que não fique doido por ela." Sério, respondi com meus brios de macho latino: "A Mari também. Em todo lugar tem um idiota que fica babando." Ele riu e disse que éramos homens de sorte.

No banheiro, Sophia disse que nos achou muito simpáticos e perguntou se gostaríamos de ir à casa deles no dia seguinte. O aniversário do Luc estava chegando e eles dariam um jantar pra um pequeno grupo de amigos. Contou que tinham uma coleção de discos brasileiros, a maioria do Caetano. Eu disse que falaria com o Marcelo e pedi que ela deixasse um número de telefone. Enquanto eu lavava as mãos, ela ficou na frente do espelho retocando a maquiagem, e percebi que ficou olhando meus peitos por alguns segundos. "São seus?" Respondi que sim e olhei para os dela, que usava um vestido decotado. "Comprei há dois anos. No Brasil!" Rimos e voltamos pra mesa. Quando nos despedimos, ela repetiu o convite. Para minha surpresa, Marcelo aceitou na hora. Voltamos pro hotel com endereço e horário do jantar.

Topei o jantar porque achei a Mari empolgada com os novos amigos, interessada em fazer um programa diferente. Mas fui de má vontade. O apartamento dos dois era pequeno, mas bem-arrumado, com móveis moderninhos. Na sala, à meia-luz, um grupo de cinco casais conversava e logo demonstrou um imenso interesse por nós. Me senti um ser exótico da América do Sul, sendo estudado pelos amigos de Luc. Ele, a todo instante, ficava dizendo: "Conta pra eles que São Paulo é maior do que Paris!" Fiquei com a impressão de que eles esperavam um casal de índios e se surpreenderam ao nos ver ali vestidos e falando inglês. Agora quem me olhava sem parar era Sophia. Depois de alguns uísques, baixei um pouco a guarda e comecei a achar a francesada até interessante. Logo depois do jantar, um ótimo frango ao vinho, os amigos do casal foram indo embora, Luc pôs música brasileira pra tocar e propôs um brinde "ao casal mais simpático do Brasil".

No meio da festa, que parecia um set de filmagem de filmes noir — o que incluía o roteiro chato —, fiquei pensando por que cargas-d'água o Marcelo tinha aceitado o convite para o jantar. A coisa mais fácil do mundo seria dizer que tínhamos comprado um jantar de Bateau Mouche ou coisa parecida. Obrigada, mas não vai dar, até um dia. Mas ele aceitou de cara e não falei no assunto. Talvez a gente estivesse sozinho demais o tempo todo, talvez ele quisesse conhecer gente. Agora ele estava lá, copo de uísque na mão, rindo com a Sophia e outra francesa glamourosa. De dez em dez segundos baixava os olhos pro decote delas. Belos silicones os peitos das duas! Diante do tédio, comecei a entornar. O vinho era delicioso e o estado etílico ajudava o tempo a passar. No fim da festa, sobramos nós quatro. Eles insistiram em nos levar de carro pro hotel, aceitamos e ficamos. Quando o último convidado saiu, Luc disse que abriria "finalmente o me-

lhor vinho". Serviu as taças e sentou-se ao lado de Sophia, praticamente deitada no sofá. Começaram a se beijar. Eu e Marcelo, de pé na janela, nos entreolhamos. Os beijos esquentaram e por fim ele deitou por cima dela e meteu uma das mãos por dentro do vestido. Depois baixou as alças e começou a chupar os seios da mulher. Por uns cinco minutos, apenas olhamos, em silêncio. De repente, senti a mão do Marcelo nas minhas costas. Me abraçou por trás e começou a se esfregar em mim. Eu sentia o pau duro dele na minha bunda. O vinho, a música e a visão erótica à nossa frente começaram a me excitar. Quando Sophia levantou-se do sofá e começou a dançar, colada no meu corpo, fiz o mesmo. Luc imitou Marcelo e ficou atrás dela. Era um sanduíche, pensei. Marcelo falou alguma coisa no meu ouvido que eu não entendi direito. Tonta, soltei uma gargalhada.

    No início achei tudo aquilo muito estranho. Mas quando o francês começou a lamber os peitos da mulher eu fiquei louco. Agarrei a Mari, acho que ela também estava bem excitada. As duas começaram a dançar. Pareciam animadas. Perguntei a Mari se ela queria ir embora, mas ela respondeu com uma gargalhada. Então Luc e a mulher voltaram pro sofá. Sem o menor constrangimento, ela levantou o vestido, sentou no marido e ficou olhando pra nós com cara de gulosa. Mari não se abalou e continuou a roçar a bunda em mim. Eu a deitei na mesa e penetrei forte. Depois eu Mari fomos pro sofá, ao lado deles, e ela também sentou em meu colo. Senti que ela tremia de excitação. As duas gemiam muito e tive que me segurar pra não gozar rápido feito um garotinho.

Eu estava louca, tonta, já não sabia de quem eram as mãos que alisavam minhas costas e de quem eram as pernas que eu roçava. Sophia, invadiu minha boca com a língua e chupou meus peitos, pra depois começar a beijar o Marcelo. Nessa hora tive um choque e me afastei dos dois, ficando de pé. Mas não tive muito tempo pra pensar, porque senti as mãos de Luc em volta da minha cintura, ao ritmo da música, enquanto beijava minha nuca, por trás. Embora envolvido com Sophia, que lhe colocava um preservativo, Marcelo me olhou. Uma expressão de quem estava excitado, mas, ao mesmo tempo, de quem tem uma dúvida sobre o que fazer. Era fato que ele estava gostando, gostando muito — e, afinal, não poderia deixar de estar. Então virei de costas pra ele e me entreguei ao Luc, em cima da mesa da sala. Não sei se pela loucura, pelo tesão que eu sentia, ou apenas pra liberar o Marcelo pra aquela aventura. Talvez pelos dois.

Todas as dúvidas que eu tinha terminaram quando a Mari começou a trepar com o Luc. Desde o início eu não sabia se ela estava gostando ou não, mas agora isso tinha acabado. O que eu não sabia, ainda, era se eu estava ou não gostando. Enquanto penetrava Sophia, via Mari com o francês. Tudo me excitava e incomodava na mesma proporção. De vez em quando Luc e Sophia falavam um com o outro em francês enquanto eu e Mari apenas nos olhávamos. Luc começou a acelerar os movimentos e Sophia fez o mesmo. O francês puxava e empurrava as ancas de Mari, que a essa altura já se perdia completamente e começava a xingar, pedindo mais força. Luc soltou um urro vindo da garganta e Mari estremeceu. Ao vê-la gozando, ejaculei imediatamente, enquanto Sophia rebolava satisfeita, sugando o sêmen. Eu ainda estava com as pernas trêmulas quando vi Mari apressada, pegando a bolsa e saindo da sala sem se despedir. Fui atrás.

Marcelo e eu descemos no elevador em silêncio. Percebi que havia esquecido meu casaco, mas nem cogitei voltar. Depois que gozei, não deu mais pra ficar ali. Eram apenas cinco andares, mas em menos de um minuto me fiz dezenas de perguntas. Como é que aquilo tudo começou? Seria este o plano dos dois desde o início? Os outros casais seriam apenas figuração? Como consegui ver meu marido trepando com outra mulher — e, de certa forma, ter gostado disso? Será que ele sentiu a mesma coisa? Será que achou aquela mulher mais gostosa do que eu? O que devo dizer ao Marcelo? O que será que ele vai me dizer? Já no táxi, os dois ainda sem trocar uma palavra, me detive no principal: será que vamos sobreviver a isso?

A fuga intempestiva de Mari indicava que o episódio não tinha sido bem digerido por ela. Foi estranho vê-la dar pra outro cara, mas confesso que eu tinha gostado. Eu sempre fui ciumento, mas não havia traição ali: nossos dois amigos tinham servido apenas como bonecos articulados, vibradores mais moderninhos que eu e Mari tínhamos usado naquela noite. O mais estranho era que eu não sentia ciúme da penetração, da sacanagem, da Mari pedindo pra ele meter mais. O que me incomodava era a mordida na nuca. Aquilo tinha sido carinho. Sacanagem, tudo bem; mas carinho, não. Os homens aprendem desde moleque a separar as duas coisas. As perguntas não paravam. Será que o pau dele era maior que o meu? Será que era mais grosso? Será que ele tinha metido mais gostoso? Sophia tinha gozado? Dei um leve sorriso com a última questão. Ainda no táxi tive uma ereção ao lembrar de Mari gozando com o francês. Sim, eu tinha gostado. Apesar do silêncio e do constrangimento, acho que a Mari também.

Eu tinha gostado, eu definitivamente tinha gostado, apesar de estar bem confusa. Não sabia bem como agir com o Marcelo naquele momento. Por um lado, sorrir, pegar sua mão, agir naturalmente, poderia soar como se eu tivesse achado tudo aquilo muito bom e normal. Talvez ele entendesse errado. Por outro lado, se eu me fechasse, poderia parecer algum tipo de insatisfação e acabaríamos enveredando por um clima de culpa, arrependimento e até troca de acusações. Devo pegar a mão dele, devo dizer alguma coisa?

Nossas dúvidas eram, na verdade, fruto das convenções, de termos ousado sair do "normal" e rompido um tabu. Passei a mão pelos ombros de Mari e dei um beijo em sua cabeça, num sinal de que estava tudo bem pra mim. Ela repousou a mão sob a minha perna e ficou passando os dedos em cima do meu joelho. Pequenos gestos que demonstravam que estávamos juntos, sim. No elevador do hotel, subindo pro quarto, eu perguntei a Mari se ela estava bem. Ela me deu um longo abraço e disse que sim.

No abraço do Marcelo, carinhoso e confortante, senti que não havia por que me sentir confusa em relação aos meus sentimentos. Ainda éramos nós dois, nossa vida, nossa amizade e companheirismo. Mas também éramos um homem e uma mulher, parceiros que não haviam fugido de uma experiência louca aos olhos da maioria, mas que ainda fazia parte do nosso acordo silencioso de fidelidade e cumplicidade. O que veio a seguir me fez perceber que eu estava certa: o episódio na casa dos franceses era apenas parte de uma noite inesquecível que vivíamos a dois.

Quando abrimos a porta do quarto do hotel, imediatamente começamos a trepar com fúria. Nos dias seguintes, trepamos ainda mais. Durante o sexo, para nos excitar, falávamos sobre os franceses, Mari perguntava sobre a mulher de Buenos Aires, eu queria saber sobre o cara que ela tinha ficado. Estranhos também freqüentaram nossa cama nessas fantasias. Mari vivia dizendo que ia arrumar uma mulher para mim, eu dizia que queria vê-la com vários homens. O sexo entre nós, que sempre foi ótimo, ficou ainda melhor. Depois do suingue em Paris, eu passei uma semana como um animal, trepando com Mari em todos os cantos daquele quarto, como se estivesse mostrando a ela que eu era melhor do que o francês. Passamos a ter ainda mais intimidade. Por mais paradoxal que possa parecer, Mari nunca foi tão minha quanto no dia em que foi de outro. Estávamos fortes e poderíamos sobreviver a qualquer coisa.

7

É um fenômeno muito estranho brigar com alguém que você ama (ou já amou), perder a comunicação com a pessoa pra quem um dia você foi transparente — e ela pra você. Nessas horas, tudo é ruído. Cada palavra inocente pode virar uma flecha venenosa. Uma atitude impensada se transforma numa tempestade. O que existia antes se perdeu e nunca dá pra saber exatamente onde e, principalmente, quando. Afinal, pra onde foi aquele olhar de extremo carinho, de compreensão ou de desejo? Qual foi o dia em que tudo começou a mudar?

Acho que foi no dia em que comecei a escrever meu segundo livro, há cinco anos. Ou talvez tenha sido quando ele virou um best-seller. Quem sabe tudo começou quando fui convidada para fazer o terceiro? Ou agora, quando o quarto está no forno? De qualquer forma, meu sucesso está no meio do problema. É só o que eu posso concluir, vendo as atitudes do Marcelo em relação a mim e ao meu trabalho. Ele estava acostumado a reinar sozinho, desde o começo. O sucesso profissional dele, o dinheiro dele, as iniciativas dele. Eu sempre na sombra. Agora ele não agüenta que o meu telefone toque sem parar, odeia que eu dê entrevistas e morre ao saber que minha conta bancária se multiplicou. Pensando friamente, acho que o Marcelo nunca me amou de verdade. Se amasse, jamais tentaria me infernizar no momento em que me sinto mais realizada.

A Mari sempre foi a pessoa mais dedicada que eu conheci. Não só a mim, mas a todos. Não tem amigo que não tenha recebido uma ligação dela no dia do aniversário. Até quando eu sofri um infarto durante uma pulada de cerca fui cercado de cuidados por ela, que ficou ao meu lado durante a recuperação. No começo do casamento, a dedicação dela ao Miguelzinho era tanta que foi impossível me aproximar do meu filho. Agora ela focou toda essa capacidade de se entregar numa única coisa: seu trabalho. Está sempre muito ocupada pensando no próximo livro, falando com jornalistas, dando opinião sobre relacionamentos. Senhoras e senhores, membros do júri, meritíssimo, eu tenho uma denúncia a fazer: Mariana Bittencourt é uma fraude. Se ela soubesse alguma coisa sobre relacionamentos, o nosso não estaria desse jeito.

Uma das teses que sempre tive sobre o casamento é a de que o parceiro continua a nos ver do jeito que fomos quando ele nos conheceu. Ou, se não vê, deseja ardentemente que ainda fôssemos daquele jeito. E sofre quando percebe que não somos mais. O problema é que o tempo passa e as pessoas podem mudar. E, quando mudam, pode ser o caos. Onde é que estava o homem com quem me casei? Ele está ali, mas não é mais pobre ou inseguro ou brincalhão ou passional. Minha mulher era delicada e submissa, mas agora é impaciente e amarga. Situações aconteceram, questões psicológicas ocorreram, a Terra girou. O mundo vive em movimento, é preciso adaptar-se aos novos ventos.

Falei sobre isso com o Marcelo outro dia. Ele ironizou. Disse que agora eu converso com ele como se estivesse escrevendo para os meus leitores. Tentei não entrar no clima de briga e dei um exemplo: na primeira fase do nosso casamento, ele era obcecado pelo trabalho e agia como um típico macho provedor. Um belo dia, coisas aconteceram, nos separamos. Quando voltamos, ele era outro homem: mais dedicado, mais flexível, mais compreensivo e romântico. Então ele respondeu: mas eu mudei pra melhor! E quem disse que eu mudei pra pior só porque estou tendo sucesso no que faço? Nosso filho é um adolescente, está namorando, só quer saber de sair com a turma. Faz quase tudo sozinho, não preciso mais ficar levando e buscando criança na escola, na natação, no inglês. É uma boa hora pra ter outras atividades, de pensar em mim, de crescer. Eu falo, falo, tento explicar as coisas ao Marcelo. Mas sempre termino com a impressão de que está tudo mais difícil entre nós. Primeiro senti que ele se afastava. Agora piorou: está ficando mais ciumento.

Para ser direto: o sucesso subiu à cabeça da Mari. É simples assim, não precisa de todas aquelas teorias que ela faz, de todo aquele blablablá psicológico sobre a mudança das pessoas. Aliás, se tem uma coisa que eu odeio é a mania da

Mari de querer me analisar. Com o Miguel crescido e com a nossa situação financeira estável, achei que estivéssemos a caminho de aproveitar a vida como nunca, viajar muito mais. Justo quando era a hora de diminuirmos o ritmo, Mari pisou no acelerador. Não sou insensível, como ela me acusa. Acontece que nosso timing foi muito diferente: eu consegui as coisas muito cedo, ela demorou. Agora, quando eu estava perto de me aposentar de vez e imaginava que poderíamos curtir mais a vida, Mari está mais ocupada do que nunca.

Ela me acusa de ter sido um cara obcecado pelo trabalho, mas não percebe que se não fosse assim não teríamos a vida confortável que temos hoje. Sim, porque ela começou a ganhar dinheiro agora, bem tarde. Se não fosse o meu dinheiro, será que ela teria coragem de alugar uma sala só pra ela, com espaços livres em sua agenda e a incerteza de fechar as contas no fim do mês? Claro que não. Então, naquela hora, o obcecado aqui serviu. Hoje, ela diz que eu sou egoísta, que não penso na realização dela. Para que exatamente tanto trabalho, tanto congresso, tanta entrevista, livro, cliente? Por que não podemos simplesmente aproveitar o dinheiro que temos? Mas não adianta: qualquer coisa que eu digo ela toma como ofensa, me acusa de ter a síndrome do macho provedor. Se um sujeito não quer nada, é vagabundo; se trabalha como um burro, é insensível, não liga pra família. É um dilema.

Resolvi então cuidar da minha vida. Eu já vivi tempo demais pra Mari, e o Miguel está grande, daqui a pouco entra pra faculdade e eu vou ficar ali na sala, sentado de pijama, enquanto Mari certamente estará por aí trepando com algum garotão. Sim, porque até o sexo acabou. Ela, que sempre foi bem taradinha, não quer mais nada, está constantemente cansada, o comportamento padrão da mulher que anda dando por aí. Claro que ninguém deixa de gostar de sexo de um hora para outra. Ela deixou de gostar de sexo comigo. Isso é outra história. Na primeira fase do nosso casamento eu estava errado. Mas agora tenho certeza de que ela tem alguém por aí. Ela viaja pra congressos e nunca me chama: na certa, leva o outro pra se divertir depois das palestras. Pior é que, pra se livrar da culpa, ela sempre traz um presentinho para mim.

Voltei para o escritório. O trabalho já não me trazia desafios e confesso que até me entediava. Mas é divertido passar a tarde com as estagiárias em moteizinhos do Centro. Numa coisa eu tenho que concordar com a Mari: o mundo vive em movimento, é preciso adaptar-se aos novos ventos. Até que ela não é má psicanalista, não...

A nova do Marcelo é repetir que o sucesso me subiu à cabeça. Também reclamou que não quero mais sexo. E me acusou de ter outro homem. Acho que o Marcelo está ficando maluco, eu não tenho ninguém. Nunca tive. Eu estou correndo atrás do que é meu. Antes tarde do que nunca. No mais, brigamos o tempo todo, como é que eu vou querer trepar com um alguém que está sempre de cara feia? Pra minha surpresa, reclamou que não o levo aos congressos fora do Rio. Eu nunca o chamei porque ele detesta o meu trabalho, odeia os meus livros. Nunca leu nenhum! Eu adoraria que ele fosse comigo, sempre trago algum presente, como forma de dizer que eu estava pensando nele. Em praticamente todas as minhas entrevistas, há a pergunta: seus livros ajudam muitos casais a superar crises... como é o seu casamento? Tremenda saia-justa. Não dá para mentir, dizendo que vivemos num mar de rosas. Mas tampouco posso revelar a crise que se instaurou no último ano. Afinal, é como um personal trainer gordo: como posso dar conselhos sobre relacionamentos se o meu está naufragando?

Agora está ainda mais difícil ele viajar comigo. Voltou pro escritório, nem pensar em ficar fora em dia útil. Disse que "precisava fazer alguma coisa da vida, já que eu não tinha mais tempo pra ele". Então agora ele sai de manhã cedo, só volta tarde da noite. Às vezes bem tarde. Para o Marcelo, não há equilíbrio. É 8 ou 80. Ou trabalha em casa, em ritmo lento, ou volta pro tribunal, a mil por hora.

Quando ele chega, eu quase sempre estou escrevendo meu novo livro no escritório. Mas ele nunca vai até lá. Toma banho, come alguma coisa e dorme. Eu paro de escrever já de madrugada e só então vou pra nossa cama. Os ex-sócios adoraram a volta do Marcelo. Já houve duas comemorações pelo retorno do ex-garoto prodígio. E eu voltei àquele círculo de gente chata. Só que agora todos babam meu ovo, comentam que me viram na TV, que leram minha coluna na revista. E as esposas pedem meus conselhos, invariavelmente. Cada even-

to, um divã coletivo. Está um saco representar esse papel o dia todo. Mas não posso reclamar. Sou outra e estou feliz com o que a vida está me dando. Só faltava meu marido entender tudo isso. Estou pensando em sugerir que a gente faça terapia de casal.

Como se não bastasse a banca de terapeuta de sucesso, a Mari agora deu pra se exibir toda vez que encontra o pessoal do escritório em algum evento. Ela adora ficar ali nas rodinhas dando conselhos, falando sobre experiências de clientes, citando as últimas descobertas, as tendências. Tem sempre alguém que a viu na TV, e ela invariavelmente começa a falar sobre como foi o último programa do qual participou e onde será o próximo.

À noite, em casa, está sempre no computador, escrevendo o próximo livro. É engraçado ver a Mari, que tanto reclamava nas minhas noitadas no laptop, batucando a noite inteira no teclado. Ontem me ligou uma repórter de uma revista que estava fazendo o perfil da Mari. Perguntou o que eu achava dos livros, eu respondi com sinceridade: eram bem escritos, mas as relações são complexas e individuais demais pra caberem num manual de instruções genérico. Se ajudavam as pessoas, eram vários. Então veio a pergunta-chave: "Eles ajudam no seu casamento?" Eu disse apenas que a pergunta já estava respondida antes, e repeti o que já dissera: "As relações são complexas e individuais demais pra caberem num manual de instruções genérico." A reportagem foi maldosa com Mari. Disse que ela era uma espécie de Paulo Coelho da psicologia, que fazia auto-ajuda pra casais, e terminou dizendo que nem eu acreditava em seus livros. A ressalva de que poderiam ser úteis não foi publicada. Eu podia estar em crise com a Mari, mas jamais seria filho-da-puta a ponto de criticá-la daquele jeito numa revista de alcance nacional.

As coisas estão insustentáveis. Ontem à noite Miguel chegou em casa tristonho. Disse que não queria jantar, foi pro quarto. Dei um tempo e fui atrás. Contou-me que a namorada tinha terminado tudo. E que ele ainda gostava muito dela. Nem sei como descrever a sensação de ver um filho sofrendo por amor. De um lado, um certo prazer em ver que ele já conseguia pensar em alguém de forma tão especial. De outro, o coração apertado por ele estar descobrindo o quanto tudo que cerca o amor, os relacionamentos, é difícil. Conversamos um pouco e eu disse a ele que aquela dor ia passar, que sempre passa. Mas ele não devia fugir desse sentimento. Se fosse para sofrer, que sofresse um pouco, se fosse pra chorar, que chorasse. Que tentasse escrever um poema, que fizesse uma música, que colocasse o que sentia num desenho. Mesmo esses momentos são especiais, foi o que tentei dizer a ele, enquanto pensava em todos os altos e baixos pelos quais meu casamento já havia passado.

Marcelo não chegou tarde naquele dia e Miguel resolveu vir à mesa jantar conosco. O pai perguntou pela menina e ele contou o que acontecera. Então me assustei com o discurso do Marcelo sobre relacionamentos e mulheres. "Elas são muito cruéis", disse ao filho, entre outras máximas idiotas, até terminar com "mulher é tudo igual, depois você arruma outra namorada." Claro que ele queria me atingir. Para evitar uma discussão na frente do menino, mudei de assunto. "Quanto foi o jogo do Fluminense, filho?"

Hoje, porém, cheguei ao meu limite. Saí do consultório correndo, a tempo de jantar em casa com Miguel. Mandei fazer bobó de camarão, que ele adora. No caminho do estacionamento, parei numa banca pra comprar a revista que traria um perfil meu. Entrei no carro folheando e fui lendo nos sinais vermelhos. Foi então que vi a única participação do meu marido em minha carreira de escritora. Fiquei tão paralisada que durante um bom tempo os carros buzinaram atrás de mim sem que eu conseguisse me mexer. Atônita, fui pra casa disposta a acabar com tudo de uma vez. Marcelo estava no quarto. Entrei com a revista na mão.

— *Não era mais fácil me matar quando eu estivesse dormindo, Marcelo?*

— *Ah, eu sabia que você ia acreditar no que saiu aí. Por que você não me pergunta se eu disse exatamente aquilo? Eles deturparam a minha frase, cortaram uma coisa que eu falei que mudava todo o sentido.*

— *Engraçado é que isso combina perfeitamente com o que você acha! Será que foi uma incrível coincidência?*

131

— Se você acha que eu sou filho-da-puta a esse ponto então não temos mais o que discutir. Agora, pode ter certeza de que se eu dissesse realmente o que acho, ia dar manchete.

— *Pois devia ter falado! Assim acabam esses meios-termos, acabam essas indiretas, acaba logo esse casamento meia-bomba!*

— Ah, Mariana, pára com essa pose, com esse papinho de separação. Você acha que a "senhora-casamento-perfeito" pode se separar? Você ficou puta por causa da entrevista, mas sabe que no teu script não pode ter separação, não. Aliás, é por isso que nosso casamento está uma merda e você não faz nada. Prefere sair dando por aí, não é?

— *Dando por aí? Você tá maluco? Não tem como se defender então vem com essa!?*

— Pensa que eu não sei, Mariana? Que eu não vejo essa tua movimentação toda, esse monte de congressos, consultas? É o que eu disse: você só não acaba com esse casamento porque quer garantir o próximo livro. É só nisso que você pensa.

— *E desde quando você sabe o que eu penso ou o que eu deixo de pensar, Marcelo? Você está cagando pra mim, pro meu trabalho, pro que eu faço ou deixo de fazer. E engole essas suas acusações de que eu tenho um amante! Isso nunca foi coisa minha, isso é coisa sua!*

— Bom, alguém tem que trepar nessa casa, não é? Eu já estou velho demais pra ficar batendo punheta por aí...

— *Você é ridículo...*

— Deixa de ser hipócrita, Mariana. Você acha que eu acredito que você não gosta mais de trepar?

— *Você só pensa mesmo com a cabeça de baixo, como todo homem, né? Acha que trepar é o único prazer de uma mulher? Você acha que não tenho prazer com o meu trabalho...*

— Ah, virou freira de uma hora pra outra! Essa não cola, Mariana. Você nunca pôde ver um pau duro que já caía em cima. Tá achando que eu esqueci da suruba que você armou em Paris? Conta outra!

— *Suruba que EU armei em Paris? Que EU armei?*

— Não, EU que armei? Desde o início você quis dar papo pra eles.

— *Marcelo, o que é que Paris está fazendo nessa conversa? E quem topou na hora ir a jantarzinho dos franceses foi você! Foi você, depois de quase ter mergulhado no silicone daquela magricela!*

— Eu olhei, mesmo. E daí? Mas quem topou a suruba foi você. Aliás eu acho que você ficou até chateada porque os outros caras foram embora, né? Porra, ia ser a rainha da festa!

— *Peraí, peraí, deixa eu entender o que é que tá acontecendo... Eu venho aqui com essa revista na mão mostrar a facada nas costas que você me deu, aí você me acusa primeiro de ter um amante e depois de ter sido a culpada por uma loucura que fizemos há mais de cinco anos? Se toca, Marcelo!*

— Tá vendo? É isso aí: o que importa é a revista. Olha, o marido dela tá falando mal... Você pegou gosto pela fama, Mariana. Tá preocupada com isso, o resto que se foda!

— *Que se foda a sua inveja, que se foda seu ciúme idiota, que se fodam suas trepadinhas por aí pra se afirmar! Você não agüenta que eu seja um sucesso, essa é a verdade!*

— Eu não agüento que você seja um sucesso? Essa é boa! Mariana, se não fosse eu, você estaria até hoje no balcão daquela merda de loja! Quem arrumou aquele emprego para você fui eu!

— Ah, Marcelo, pelo amor de Deus. Você só mandou um currículo meu...

— Que currículo, Mariana? E você lá tinha currículo? O Félix é que pediu a uma amiga pra te dar aquela vaga. Ele vivia dizendo que não pegava bem pra mim ser casado com uma balconista. Agora você está aí cagando essa regra toda de dona da verdade. Se enxerga, Mariana!

— *Então eu fui casada com um babaca, mentiroso e manipulador a minha vida toda e não sabia? É isso?*

— Mariana, você acha que eu me sentia bem em ver que minha carreira ia de vento em popa enquanto você não conseguia nada? Eu te dei um ajuda porque queria que você fosse feliz. Eu nunca duvidei da sua capacidade. Você é que não segurou a onda, bastou melhorar um pouco que logo me jogou para escanteio. Quer conhecer Carlito, dá-lhe um carguito...

— *Se não duvidasse da minha capacidade não teria que inventar mentira nenhuma. Se tivesse um mínimo de amor por mim deixaria eu fazer as coisas sozinha... Mas essa história toda, Marcelo, é só mais uma traição que eu descubro. Você me traiu a nossa vida toda, com mentiras, com outras mulheres, com sua falsa bondade. Não vou mais ficar aqui discutindo com você, tentando consertar o que não tem conserto. Você vai sair ou saio eu de novo?*

— Você nunca me entendeu, Mariana...

8

Só o amor não basta. É o que tento explicar ao meu filho nas nossas muitas conversas depois que me separei — mais uma vez — do pai dele. Da primeira vez Miguel era um menino. Agora é um rapaz. Sensível, inteligente, apaixonado por tudo que faz. E meu grande amigo. É com ele que faço hoje minhas sessões de análise, é na presença dele que muitas vezes falo comigo mesma sobre as coisas que vivi e vivo. Deito-me em sua cama, ele senta no chão ao meu lado e ficamos horas conversando sobre o dia, sobre as meninas que ele gosta, sobre a carreira que ele pensa seguir, sobre meus livros.

Sobre o Marcelo, digo a ele e a mim mesma que às vezes o destino nos prega estranhas peças. Não fosse o desencontro de nossas vidas profissionais, poderíamos ter sido felizes, quem sabe? Aos 26 anos ele tinha tudo o que queria. Eu só consegui depois dos 40. E quem há de dizer que não foram as profissões que abraçamos as culpadas? Eu, psicóloga, mergulhando nas vontades humanas, nos desejos reprimidos, na voz do inconsciente. Ele, advogado, se atendo aos fatos, às palavras ditas, às provas cabais. Ou pode ter sido nossa idéia de como o mundo deve funcionar que nos atrapalhou. Eu, querendo aceitar o que a vida me dá. Talvez passiva diante de muitas coisas, mas acreditando que a cada pessoa caberá uma parte desse pequeno latifúndio de felicidade. Ele, sem querer saber de esperar a hora chegar, caçando a cada momento o que é seu de direito.

Marcelo nunca se cansou de me surpreender, para o bem ou para o mal. Nos últimos tempos, me acusava de não conseguir entendê-lo — e tinha razão. Meu marido virou um mistério pra mim e, do mistério, ao contrário do que seria de se esperar, nasceu o desinteresse. Eu não queria mais desvendá-lo, compreendê-lo e, então, trazê-lo de volta para mim. Por um lado, uma enorme preguiça de tentar consertar mais uma vez o mundo de dentro da minha casa, quando o universo lá fora chamava por mim pela primeira vez. Por outro, a vontade de guardar em mim o homem que ele fora no passado, do qual ele irremediavelmente se afastara. Foi por isso que me separei, e não pelas traições ou pelas mentiras.

Nos primeiros meses após a separação, chorei muito pelo meu fracasso. Eu era reincidente. Num desses momentos, Miguel — talvez embalado por suas recentes descobertas amorosas — fez-me a fatídica pergunta: "Você ainda ama o papai?" Foi bom ele ter perguntado. Pensei um pouco e respondi o que responderia ainda hoje, tantos anos depois: sim, eu amava o Marcelo e sempre amaria. Porque minha vida há muito tempo é estudar os relacionamentos e, seja nos divãs ou nas entrevistas para os meus livros — que continuaram fazendo sucesso mesmo após o meu divórcio —, eu nunca vi amor como o nosso. Jamais vi uma mulher que falasse de seu marido, no presente ou no passado, da forma como eu falava do Marcelo. Com a mesma emoção, com a mesma admiração, com tantos detalhes que ficaram na memória. Lembro de palavras, gestos, de cada sinal na pele. Cataloguei tipos de olhar, registrei histórias pequenas e grandes. Até hoje ouço o eco de determinadas frases que ele gostava, seu grunhido de gozo, a sensação de sua mão sobre a minha a apertar as juntas dos meus dedos em momentos de ansiedade. A risada que sempre se sobressaía às demais, o vício de vestir sempre as meias antes do resto da roupa, o jeito de xingar quando assistia ao futebol. Ainda me pego repetindo máximas de que ele gostava, dando a entonação que era dele em muitas coisas que digo, dormindo no mesmo lado da cama. Virei o Marcelo, ele virou Mariana, nos confundimos, trocamos de lado, dançamos ao ritmo da música que compusemos juntos por muito tempo. E isso não há como apagar nunca mais. Tivemos um amor de corpo e alma, perfeito em suas imperfeições, em todos os momentos em que nosso amor nasceu, durou, ressuscitou. Ou talvez eu seja maluca e o que eu sinto todos sentiram, mas eu não estava dentro deles pra ver. Quem há de dizer?

Depois de seis anos sem vê-lo, eis que hoje vamos nos encontrar. Espero que tudo corra bem e eu possa apresentá-lo ao Evandro, o psicanalista com quem me casei no ano passado — numa pequena festa em que meu ex-marido deu um jeito de estar presente. Como o Marcelo, Evandro também tem senso de humor. Os dois se dariam bem, num outro cenário. Ou talvez a situação especial abrande problemas passados e eles, junto com Miguel, acabem batendo bons papos e tomando cerveja nessa festa de despedida de nosso filho, que parte para uma pós-graduação nos Estados Unidos. Uma invenção do pai dele, claro. Vou sentir falta do Miguel, de nossas conversas, do jeito de ele me olhar e do sorriso igual ao do pai. Afastar-me dele será mais um passo pra longe do Marcelo. Era nisso que eu pensava quando escolhia a roupa que usaria nesse jogo de futebol de pais e filhos. Como parecer sexy aos 40 e muitos anos pra impressionar o ex-marido sem que ele perceba que é de propósito?

É inútil a troca de acusações que antecede o fim dos relacionamentos. Ao transferir para o outro a responsabilidade, negamos a nossa culpa. Mariana nunca me entendeu, mas a verdade é que eu também nunca a entendi. Eu não percebi a tempo que Mariana tinha seus planos e que muitas vezes eles eram opostos aos meus. Refazendo os caminhos que nos levaram ao fim, percebo que durante todo o tempo tentamos enquadrar o outro no papel que idealizamos para ele. Havia em mim uma crença infantil de estar predestinado ao sucesso em todos os campos. Pairando sobre os mortais, o deus Marcelo, senhor dos destinos, deveria ser reverenciado, jamais questionado. Ambos esperamos mais do que o possível do outro e de nós mesmos.

Nossas duas separações foram conturbadas e sofri muito com ambas. Na segunda, porém, eu estava resignado. Nunca tive dúvidas do nosso amor, mas ao mesmo tempo estava certo de que era impossível continuarmos juntos. Levou pouco tempo pra eu entender que a raiva que sentia não era da Mari, mas do fim, da nossa incapacidade pra contornar os problemas. Eu nunca tive inveja dela, seu sucesso jamais me incomodou. O que me corroía, hoje entendo, era a idéia de deixar de ser o mais importante pra ela. À distância, vejo melhor. Impossível compreender alguém quando sequer sabemos o que somos.

Jamais perguntei a Miguel sobre sua mãe. Acompanhava a vida de Mari de longe, pelas notinhas nos jornais. "Mariana Bittencourt lança hoje o livro tal na livraria tal"; "Mariana Bittencourt fala hoje na universidade tal"; "Mariana Bittencourt e Evandro Gonzalez casam-se hoje em cerimônia íntima para os amigos". É estranho, mas me senti traído com o casamento. Tive dezenas de mulheres depois da separação e até durante o nosso relacionamento, mas ao meu modo sempre fui fiel a ela. Em protesto, fiz uma bobagem. Presenteei o casal anonimamente com um trio de violinistas que tocaram nossa música do Flávio Venturini. Mariana sabia que aquilo só podia ser coisa minha, mas não acusou o golpe. Não ligou pra mim, não mandou recado por Miguel, não invadiu o meu apartamento me chamando de babaca. Ou teria esquecido a nossa música?

Aquele foi meu último aceno pra ela. Seu silêncio significava um pedido pra esquecê-la, o que tentei fazer até hoje, quando nos encontramos depois de tantos anos, na despedida do Miguel. Seus amigos organizaram um futebol e eu estava escalado no time dos pais. Antes de a partida começar, percorri a arquibancada com os olhos, procurando Mari. Lá estava ela, linda como sempre, sorrindo e acenando para

Miguel, que fazia embaixadinhas. Do lado, o marido, um sujeito que tinha pinta de quem torce o nariz pro filé de peixe do Vip's.

Se você quer impressionar uma mulher, chame-a pra ver você fazendo alguma coisa que você sabe fazer bem. Foi o que pensei nos 20 minutos iniciais em que corri feito um louco em campo. A partida, pra mim, acabaria ali. Aos 50 anos, sem fôlego, andava de um lado para o outro na entrada da área. Ninguém lançaria pra alguém no meu estado, era impossível que eu fosse capaz de dar um chute a gol. Impiedosos, os garotos já venciam por 4 a 0, e aos 40 minutos do segundo tempo começaram um olé. Nem eu mesmo acreditei quando Miguel deu uma bobeada e roubei a bola, avançando pra área pela ponta direita. Surpreendido, um zagueiro deu um carrinho maldoso, mas joguei a bola por cima e pulei o adversário, que passou voando por baixo. Na entrada da meia-lua o goleiro veio em minha direção. Enchi o pé por baixo da bola e estufei a rede no ângulo: 4 a 1! Ninguém no meu time comemorou. Não havia tempo pra mais nada, o jogo estava definido. Mas na arquibancada, uma torcedora solitária gritava e pulava comemorando. Mariana. Um golaço.

Este livro foi composto na tipologia Minion, em
corpo 11,5/16, e impresso em papel off-white 90g/m²
no Sistema Cameron da Divisão Gráfica
da Distribuidora Record.

Seja um Leitor Preferencial Record
e receba informações sobre nossos lançamentos.
Escreva para
RP Record
Caixa Postal 23.052
Rio de Janeiro, RJ – CEP 20922-970
dando seu nome e endereço
e tenha acesso a nossas ofertas especiais.

Válido somente no Brasil.

Ou visite a nossa *home page*:
http://www.record.com.br